ハヤカワ文庫JA

〈JA1376〉

グイン・サーガ145

水晶宮の影

五代ゆう

天狼プロダクション監修

早川書房

8350

CLOUDS OVER THE CRYSTAL
by
Yu Godai
under the supervision
of
Tenro Production
2019

カバーイラスト／丹野 忍

目次

本書は書き下ろし作品です。

——私はいつも夢見ていた。……私はいつもゆきたかった。ノスフェラスに——星々の彼方に——星船に乗って……豹の頭の神々が……飛び交い、銀色の……光あふれるふしぎな世界……

正篇八十七巻　ヤーンの時の時

〔中原周辺図〕

ナタール川
ヴァーラス湖沼地帯
ノスフェラス
ナタール大森林
ギーラ湖
ナタリ湖
ケス河
サイロン
ユラニア
トーラス
ノルン海
ケイロニア
アルセイス
ゴーラ
ロス
モンゴール
クム
カムイ湖
タリア
タリア
ワルド山脈
リーラ川
中原
ルーアン
イーラ湖
クリスタル
オロイ湖
アルムト
パロ
アルーンの森
カラヴィア
サルジナ
ダル湖
ダネイン大湿原
ドラス連山
ハイランド高地
ウル山脈
カムリ岬
ルート
ウィレン山脈
ラトナ
レン山脈
サーリスベリ
アグラーヤ
ランガート
アルート高原
カウロス
獅子原
ライゴール
レンティア
草原地方
トルース
トラキア自治領
リャガ
ヤガ
イフリキア
マハール
トルフィヤ
ヴァラキア
アルゴス
沿海州
アルカンド
アルゴ河
レント海

〔パロ周辺図〕

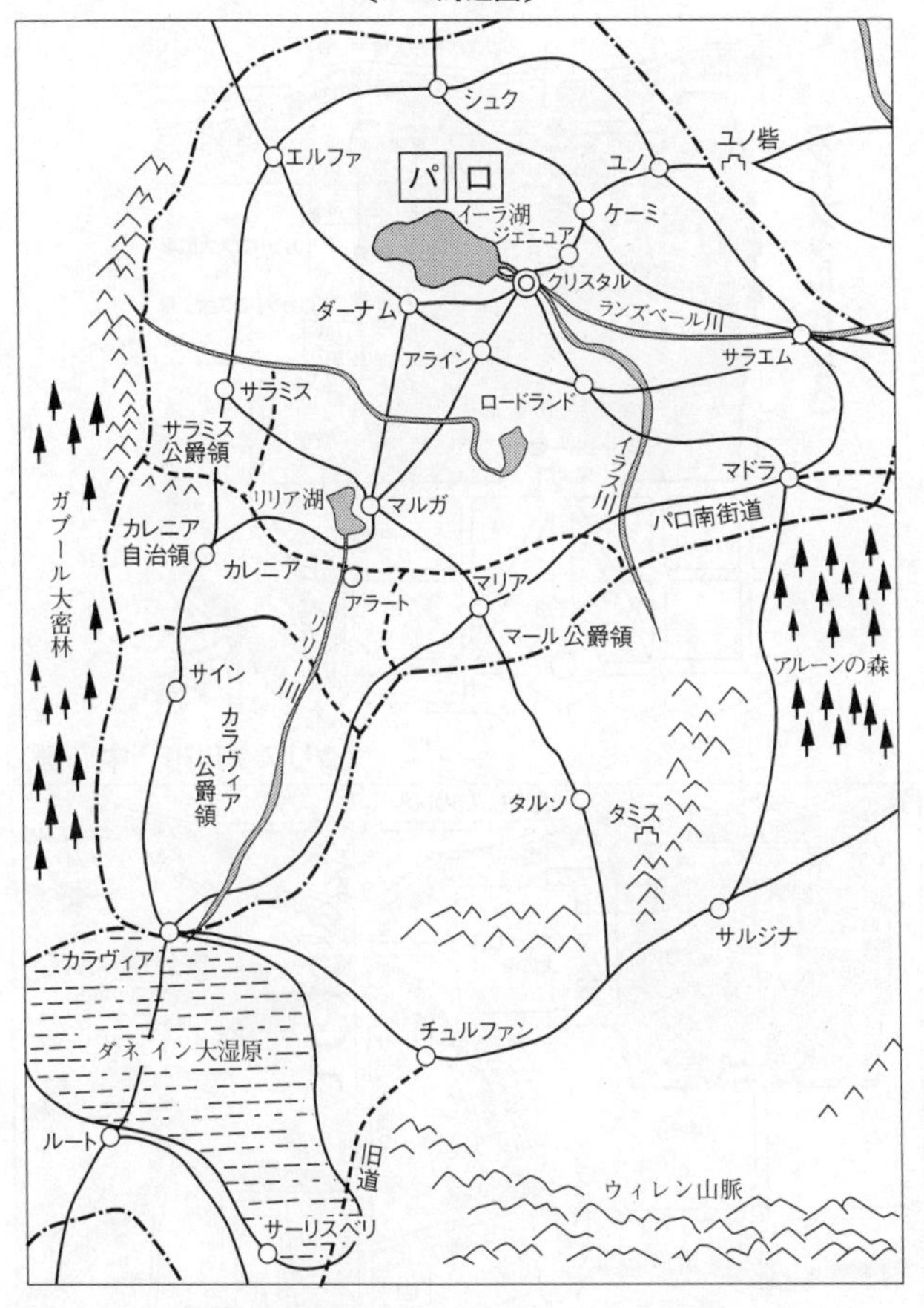
シュク
エルファ
パロ
ユノ砦
ユノ
ケーミ
イーラ湖
ジェニュア
クリスタル
ダーナム
ランズベール川
サラエム
アライン
ロードランド
サラミス
サラミス
公爵領
イラス川
マドラ
リリア湖
マルガ
パロ南街道
カレニア
自治領
カレニア
ガブール大密林
アラート
マリア
マール公爵領
リリア川
サイン
アルーンの森
カラヴィア
公爵領
タルソ
タミス
サルジナ
カラヴィア
チュルファン
ダネイン大湿原
ルート
旧道
ウィレン山脈
サーリスベリ

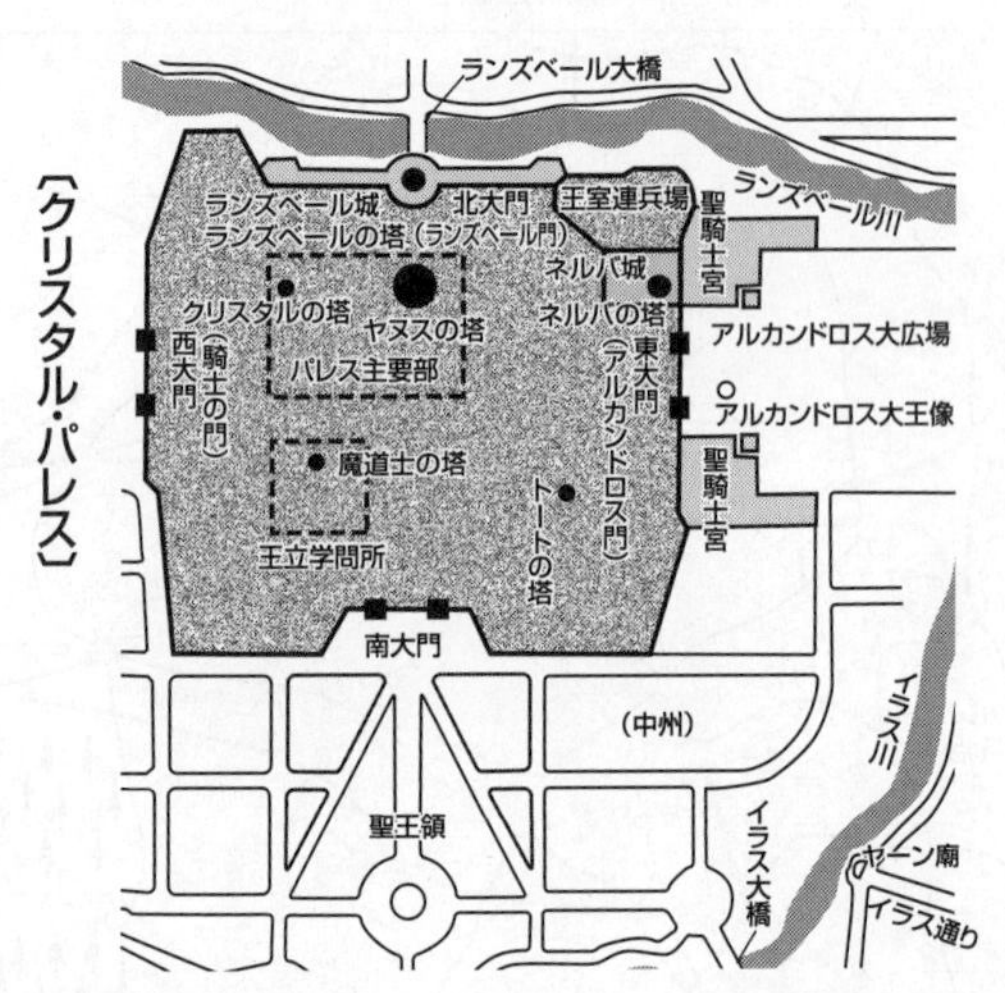
〔クリスタル・パレス〕
ランズベール大橋
ランズベール川
ランズベール城
ランズベールの塔（ランズベール門）
北大門
王室連兵場
聖騎士宮
ネルバ城
ネルバの塔
クリスタルの塔
ヤヌスの塔
パレス主要部
西大門（騎士の門）
東大門（アルカンドロス門）
アルカンドロス大広場
アルカンドロス大王像
聖騎士宮
魔道士の塔
王立学問所
トートの塔
南大門
（中州）
聖王領
イラス川
イラス大橋
ヤーン廟
イラス通り

〔クリスタル市／中心部〕

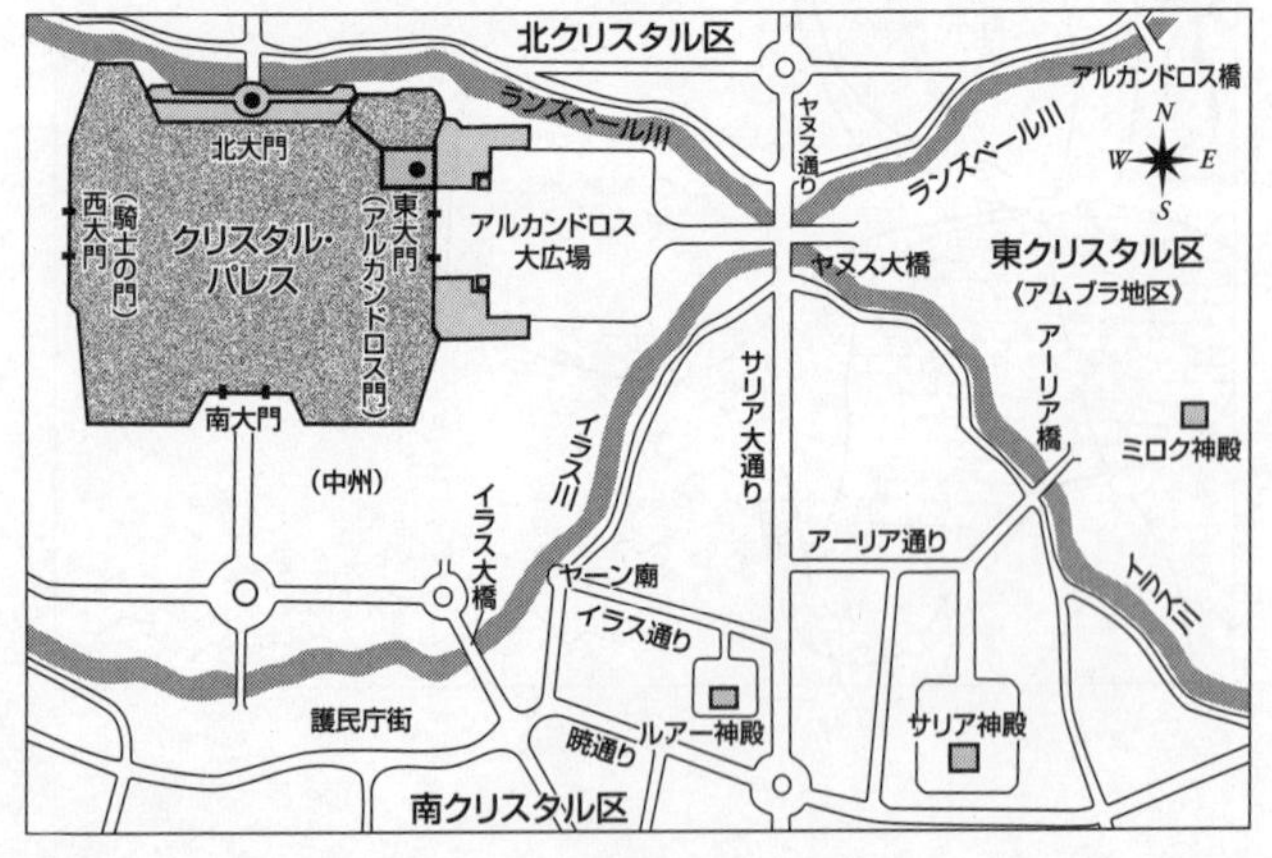
北クリスタル区
アルカンドロス橋
ランズベール川
ランズベール川
北大門
ヤヌス通り
N
W
E
S
西大門（騎士の門）
クリスタル・パレス
東大門（アルカンドロス門）
アルカンドロス大広場
ヤヌス大橋
東クリスタル区
《アムブラ地区》
サリア大通り
アーリア橋
南大門
イラス川
ミロク神殿
（中州）
イラス大橋
アーリア通り
ヤーン廟
イラス川
イラス通り
護民庁街
ルアー神殿
暁通り
サリア神殿
南クリスタル区

水晶宮の影

登場人物

グイン……………………………ケイロニア王
リギア……………………………聖騎士伯
マリウス…………………………吟遊詩人
ヴァレリウス……………………パロの宰相
アウロラ…………………………沿海州レンティアの王女
フェリシア………………………サラミス侯ボースの姉
アストリアス……………………〈風の騎士〉
ハラス……………………………元モンゴール騎士
スカール…………………………アルゴスの黒太子
ザザ………………………………黄昏の国の女王
ウーラ……………………………ノスフェラスの狼王
イェライシャ……………………白魔道師。〈ドールに追われる男〉
ブラン……………………………ドライドン騎士団副団長
フロリー…………………………アムネリスの元侍女
スーティ…………………………フロリーの息子
アクテ……………………………ディモスの妻
ラカント…………………………ディモスの協力者。伯爵
ソラ・ウィン……………………ミロク教の僧侶
ヤモイ・シン……………………ミロク教の僧侶
アニルッダ………………………ミロク教の信者
イグ＝ソッグ……………………合成生物
パリス……………………………元シルヴィア付きの下男
ユリウス…………………………淫魔
グラチウス………………………魔道師
カル・ハン………………………魔道師

第一話　王子と王子

1

鳥が高い声をあげて木の梢から飛び立った。

アストリアス、およびドリアン王子とその誘拐者たちの一行は、街道をはずれた原野を粛々と進行していた。

このあたりはガイルン砦を遠巻きにして北東に二十モータッドばかりきた山あいで、大きな人里はないが、開拓民の小さい村の点在する山間部である。南方には広大なローラン大森林が広がり、その一端はこのあたりにも、濃い緑の森として存在している。アルセイス－トーラスを結ぶ主な街道としてよく開け、人の通行も多い道筋ではあるが、ゴーラに新首都のイシュタールができてからは、アルセイスはしだいにさびれ、都市として縮小傾向にあるために、広大な赤い街道も、いくらか以前の賑わいを減じている傾向でもある。

先頭には指導者であるアリオン、その後ろには、後援者ということになっているオル・ファンの馬車が進み、従者のホン・ウェンが馬に乗って付き従っている。

オル・ファンが何者であるか、アストリアスはよく知らなかった。話では、オル・ファンは中原で手広く商売をしている大商人で、旧ユラニア宮廷とも多大な縁があり、そのゆかりで、今回のくわだてに手を貸すことになったのだという話ではあった。アストリアスはうさんくさいものだと思っていた。商人というものに、もともとアストリアスは深い信頼を置いていない。金のにおいがすればどんなところにでもわいて出てくる、羽虫のようなやからだと思っている。

それに、旧ユラニアの大公家とひとかたならぬ縁があった、とは言い条(じょう)、それもどこまで信用できるかわからない。ほとんどのユラニア、クム、モンゴールの商人たちは、イシュトヴァーンの新都イシュタールの造営にあたって、認めるのは業腹ながら多大な利益を得ているはずである。もはや廃絶し、復興の見込みの立たないユラニア大公家に義理をつくしたところで、利益の出ようはずがない。

ゴーラの母体となった旧ユラニアは大公家こそ廃絶したが、それでも一応旧ユラニアの貴族階級や、大公家の係累は多少残っている。国の主体がイシュタールに移ってしまった今、かれらは見捨てられたアルセイスに逼塞(ひっそく)してしまっている。もしかしたら、誰かそのうちのひとりがつてをたどってオル・ファンを抱き込むか、偽名を使って本人が、イシュトヴァーン体制の打倒に動き出したのかもしれないとの考えもあったが、確信はなかった。

いずれにせよ、オル・ファンが潤沢な資金と自在な諜報網を持っていることは疑いようがなかった。ドリアン王子誘拐のために必要な手回しはほとんど、かれの指示によるものだった。どちらかというと武辺一方で、計画を立てたり裏で動き回ったりすることにむいていない旧モンゴールの武将たちに、かれは、間諜に手に入れさせたイシュタールの王宮の見取り図、ドリアン王子の身近にはべるものたちの表、王子宮への道筋や侵入経路などをことこまかに指示した。それらはどれも、モンゴールの武将たちでは逆立ちしても手に入れられぬ情報ばかりであった。

かれの使嗾と、および、イシュトヴァーン王のパロ行き、そして、宰相カメロンの死という衝撃的な事件が、武将たちに思い切った行動をとらせるきっかけとなった。かれらは、このままではどうあってもゴーラの属国の位置にいるしかないモンゴールを、いまいちど、せめて三大公国と呼ばれたころの国にもどすことが悲願だったのである。

そのためには、現在、仮にモンゴール大公の座につけると発表されているドリアン王子をそのままにしておくわけにはいかない。後見役に、旧モンゴール貴族マルス伯がつくとしても、現在、マルス伯があくまで監視付きの身であり、後見するとしてもそれはゴーラの意向を受けたものにしかなり得ない以上、これに甘んじることは結局モンゴールが属国の位置に甘んじることをしか意味しない。

ほんとうにモンゴールを再興し、ゴーラの支配を振り払うためには、正統のモンゴール大公家の血を引くドリアンをゴーラから完全に独立した環境に連れ出して、できるならば、イシュトヴァーンのゴーラ王の位をも否定して、モンゴール公国独自の位置をさだめるべきだ——と、アリオン伯はじめ、モンゴールの武将たちは衆議一決したのだった。

アストリアスはかつて、イシュトヴァーンへの復讐の道具としてそのおとしだねであるスーティを手に入れようとした。それは結局、超戦士グインの介入によってなされなかったが、今回は、アムネリス大公の血を継いだ正統な公子であるドリアンを手に入れている。スーティはいずれにせよ、イシュトヴァーンの息子というだけの話であってしかも妾腹、手に入れたところで果たして役に立つかどうかわからぬところはあったが、ドリアン王子は違う。少なくとも、おおやけに認められたゴーラの王太子であり、しかも、モンゴール大公家の正統な後嗣でもある。モンゴール復活の旗印としてかつぐには、スーティよりも、ずっと正当性があるのは確かであった。

モンゴールの武将たちは、みな若い。マルス伯のいとこハラスはまだ二十歳になったばかり、首領格のアリオンでさえ、三十なかばといったところである。

金蠍宮の異変で老フェルドリックとサイデン宰相が殺され、アムネリス大公が幽閉されたあの事件ののちに、旧モンゴール関係で、多少でも影響力のありそうな人物は残らずとらえられ、処刑された。モンゴールの民の蜂起を恐れた、イシュトヴァーンのしわざである。当時の首都トーラスの広場には血が流れ、斬首された首や引き裂かれた胴体がさらされて、〈血の日〉とまでよばれたむごたらしいありさまが展開された。

しかしそれでも、野にくだった少数の武将たちはいた。カダイン伯であったアリオンがその筆頭であった。かれは異変が起こったときにはイシュトヴァーンの命により一軍を率いてトーラス近郊に駐留していたが、異変に続いて起こった大粛清の噂を知り、いまは姿を現すべきではないと考えて、近しいものたちだけを連れて野に伏したのである。

その後、アムネリス大公の自害によってわきおこったモンゴール人民の反乱には大きく力を加えてあまりあったが、何をいうにしろ、人員が足りなかった。大粛清によってモンゴールの主な武将や貴族はほとんどが殺されており、反乱に加わったのは、戦いの訓練など受けていない一般市民がほとんどだったのである。

かれらの一派を率いていたのがハラスであった。そのころはまだとらわれたままになっていたマルス伯を救出し、旗印にしようと考えていたハラスは、人民による反乱軍の一団を率いながらモンゴール北方のケス河のほとりまで逃げ延びていた。それをイシュトヴァーン率いる追討軍によって追いつめられ、あわや虐殺の憂き目にあいそうになったときに、飛び込んできた豹頭のグインに救われたのだった。

（グイン……グイン、か）

肝心なところにはいつもあの豹頭の戦士が姿を見せる、とアストリアスは思わずにはいられなかった。自分がスーティをさらおうとしたときにも、邪魔をしたのはあの豹頭の超戦士であった。かつて、はるか遠い昔に思えるあのノスフェラスでも、モンゴール軍の行く手に立ち塞がって幾度となく煮え湯を飲ませたのも、またグインであった。アストリアス自身、〈ゴーラの赤い獅子〉と異名をとった遠い昔、グインと切り結んで赤児が大人にもてあそばれるようにあっさり打ち砕かれた記憶がある。豹頭の狂戦士、ノスフェラスの悪魔が何をどうして大ケイロニアの王と呼ばれるようになったのか、またそれがなぜモンゴールの国境地帯に現れて自分を邪魔することになったのか、今でも永遠の謎だった。

グインはその後パロでしばしを過ごした後、王としてケイロニアに帰還しているという。ハラスを残してイシュトヴァーンの陣中から逃れたグインは、イシュトヴァーン軍の追撃を振りきってルードの森を逃れ、南方へ逃げ去ったという。その後ハラスは、死ぬほどの拷問を受けながらもイシュタールに引いていかれ、見せしめとして市門にさらされる直前に、オル・ファンが送り込んでいた間諜の手によってあやうく救出されたのである。身体はすでにぼろぼろで、二度と戦士としてのはたらきはできない身体にされていたが、むしろそれによって、イシュトヴァーンとゴーラへの恨みはより深く固まった。

アリオンと合流したのち、ドリアン王子をモンゴール大公に、後見にマルス伯をと発表があっても、反乱の徒の燃える心は静まることはなかった。むしろ、そうした処置は単なる「おためごかし」であり、モンゴールを鎮めるためだけにぶらさげられた餌である、とアリオンはいったのだった。

それはおそらく正しかったろう。イシュトヴァーンはモンゴールを手放す気などなかったし、反乱をいちいち自分が鎮圧してまわるよりは、そうやって発表することで人心を落ちつかせるほうが得だと考えたにちがいないからである。この考えが、もともとイシュトヴァーンではなくカメロン宰相から出たものであることはアリオンもアストリアスたちも知らなかったが、いずれにせよ同じことであった。

カダインに本拠を置くアリオンの手勢は、現在モンゴール各地に潜伏する反ゴーラ勢力を糾合(きゅうごう)して拡大を続けているところだ。アストリアスの〈光騎士団〉も、アリオンの呼びかけに答えて、トーラス近辺から集まったものである。

ドリアン王子誘拐という、きわめて大胆な行動に出ることができたのは、アリオンという有力者が上に立ち、オル・ファンの情報と資金が後ろについたことが大きい。イシュトヴァーンの不在と宰相カメロンの死、という事件があったのもむろんである。

もとより、オル・ファンの情報網がなければ、アストリアスもアリオンが旗揚げしたことなど知らぬままだったろう。ゴーラの目に立つわけには行かぬかれらは、トーラス周辺の山あいや森林地帯に身をひそめて、ひたすら人数と資金をあつめることに汲々としていた。軍神イシュトヴァーンにひきいられ、勇猛果敢で知られるゴーラ兵に発見されれば、たちまち叩き潰されるほかなかったろう。

「さすがにモンゴールの全人民を殺すことはできぬときゃつも考えたのだろうさ」と、アリオンは憎々しげに言った。

「でなければあの流血の僭王は、トーラスが血であふれかえるまですべての人間という人間を殺しまくったのにちがいないのだからな！」

木立の奥に駆けていく獣の気配がする。

モンゴール人たちの行列は黙々と丘を渡り、谷間を抜け、つづいた。木の間隠れのあわい陽光が、ふぞろいな鎧や、胴着や、かぶとや肩当てや馬の頭などを不安定に照らした。全部で二百名ほどになっている。先頭のアリオン、オル・ファン、ホン・ウェンに続いて馬を進めているアストリアスは、さっとふりかえって後ろを見た。

長い行列がうねりながら伸びており、その果ては、木立の合間に見え隠れになりながらうっすらと溶けこんでいる。ほとんど見えなくなるぎりぎりのところに、ひとつ、小ぶりな馬車があり、その周囲を、騎士たちが厳重にかためている。その中に、アリサ・フェルドリックに抱かれた、ドリアン王子がいるはずだ。

（俺は……）

　また、あやしい胸苦しさがぐっとこみあげてくるのをアストリアスは感じた。あの、緑の目をした赤ん坊の凝視がはっきりと脳裏によみがえり、ふたたび、まなこに焼きついたあの緑色の双眸の記憶とかさなった。

　昨晩、アリオンのもとへ呼ばれた記憶がよみがえってきた。

　オル・ファンたちと合流したアリオンは、ドリアンを誘拐すべくイシュタールへ潜入したアストリアスの報告を聞きたがったのだった。

　アストリアスはひざをついて頭を垂れ、イシュタールへの潜入から王宮への侵入、王子宮に入ってドリアン王子を誘拐した顚末を、事細かに報告した。アリオンはじめ、ハラス、オル・ファン、ホン・ウェンの一同は、それぞれ影の中に身を埋めるようにしてじっと耳をかたむけていた。

「それで、ドリアン殿下はお元気になさっておられるか？」

「アリサ殿が面倒を見ておられます。お元気になさっておられると思います」

　膝をついて礼をとるあいだもアリオンは落ち着かないようすでせかせかと椅子のなかで身を揺すっていた。

「イシュタールからの追っ手はまだ見えないだろうな」

「われわれが脱出したときには、警備兵はまだ乱れ立っているばかりで動きを見せておりませんでした。おそらく今では複数の追討部隊が放たれているでしょうが、こちらに追いついてきているものはまだありません。こちらの斥候からの連絡に依りますと、まだゴーラの国境内でうろうろしているようです」

「ゴーラ国内でも、イシュトヴァーン王にひそかに反感を抱く勢力は少なくはありません」

ひっそりと、横からハラスがいった。

「旧ユラニアの貴族や軍人が、イシュトヴァーン王の王権の正当性に疑問を持って動き出しています。私が逃亡できたのも、そうした勢力が水面下で動いていたおかげです。旧ユラニアのイル・ソン伯爵、レン・ホン侯爵、イー・シン将軍など」

「サウル皇帝の亡霊によって王冠を与えられた、か」

アリオンが呟くようにいった。

「あれは確かにたいした見世物ではあった。俺もあの時アルセイスにいたが、実際、しばらくはしびれたようになってイシュトヴァーン万歳を叫んでいたほどだ。しばらく身近につかえていたこともあったしな。その時は、きわめてすぐれた軍人だとばかり思っていたものだが……」

にっくき敵を少しでも褒めるような言葉を吐いてしまったことに苦い顔をし、アリオンは背もたれに寄りかかった。

「しかし、その後の暴虐なふるまいや、何よりわがモンゴールへの弾圧と虐殺、アムネリス大公殿下への仕打ちをきいて目が覚めた。イシュトヴァーンは王などではない。そんな器ではあり得ない。おそらく魔道師かなにか、あやしげな策略を使ってサウル皇帝の見世物を演出し、王を僭称したのだ。そのような輩を王、モンゴールの支配者などと、認めるわけにはいかぬ」

「旧ユラニア勢力は兵を出さないのか」ハラスが口をはさんだ。

「ゴーラ宮廷に取り込まれたものもおり、また、監視がつけられて身動きのとれぬものもおるようです」ホン・ウェンが応じた。

「地方に追いやられたルー・エン将軍は一万ほどの手勢を備えているようですが、娘をイシュタールに女官として人質に取られているため、切歯扼腕しつつも自重を余儀なくされているとか。レン・ホン侯爵は称号以外のほとんどを剝ぎ取られ、名目のみの地位につかされております。ハン・ソン伯爵も似たようなものかと。死んだカメロン宰相は、そうした方面では実に有能な男でございましたからな」

「しかし、その有能な男をイシュトヴァーン王はわが手にかけたとか」

アリオンは吠えるような声でおもしろくもなさそうに笑った。

「流血王の血まみれの手を自分の幕僚に向けるとはおろかなやつだ。まあ、そのおかげでわれわれは動きがとりやすくなったというものだがな」

「ゴーラの内情はいまや大混乱です」ハラスがうなずいた。「現ゴーラのまつりごとのほとんどはカメロン宰相が一手に握っていたも同然。そのかなめたる宰相が、こともあろうに王に殺されたとあっては、宮廷の内外にかかわらず、はげしく動揺することは当然。イシュタールをはじめ、各都市の守備隊にも大きな影響が及ぶのは避けられないでしょう」

「しかし、ゴーラの一般市民に関しては、いまだイシュトヴァーンの人気は高いのです」

オル・ファンが細い声で口をはさんだ。

「イシュトヴァーンの『軍神』としての活躍に目をくらまされ、なおかつ、イシュタールの建設によって老いて弱体化していたユラニアに新たな息吹を吹き込んでくれたと、喜んでいるものも少なからずおります」

「そんなことはわかっている。愚民どもめが」

アリオンは歯ぎしりした。

「目先の利益や華やかさにひかれて、きゃつの本当の姿が見えなくなっているのだ……おお、お気の毒なアムネリス大公！　あのように残酷な男にお身を汚された上、自害にまで追い込まれて、どれほど口惜しくていらっしゃったことか。われらモンゴールの人民は、アムネリス様の仇を討つためにも必ずイシュトヴァーンを王座から追い落とし、罪のつぐないをさせねばならん。そういえば、アストリアス」

アリオンは跪(ひざまず)いているアストリアスに視線をもどした。

「〈死の婚礼〉の話はきいている。恋に狂って婚儀の最中に乱入し、毒刃をふるった男がいたという話はな。その当人を前にしているとは、不思議なものだ。当時はなんたる先走り者かと思ったが、今は、その忠心がたのもしくも思えるぞ」

アストリアスはかっと頬に血が上るのを覚えた。無言で頭を垂れ、視線を床に落とす。

「〈ゴーラの赤い獅子〉か」どこかしみじみと、アリオンは呟いた。

「おおそうだ、昔おぬしがそう呼ばれていた頃もおぼえているぞ……名高きモンゴールの戦士の中でも、きわめて剽悍(ひょうかん)なひとりであった、とな。そのような男が恋ゆえに国を出奔し、アムネリス様ひとりのためにいのちをかけたとは、そしてモンゴール廃れたのちにもその心うせず、流れ流れてもこのようにアムネリス様のおんために働かんとするとは、まことに男の一徹これにあり、というところか」

たちまちさまざまな記憶がアストリアスの脳裏を駈けぬけた。〈ゴーラの赤い獅子〉として戦場を駆けていたおのれの姿、血塗られた婚礼で短剣をかざして襲いかかる自分の姿(ああ、あの緑色の瞳、緑色の瞳!)、地下牢につながれ、恐ろしい拷問のもとに呻吟する自分。しかしそれらはひとつとして言葉にならず、アストリアスは黙してうつむいていたきりだった。

「これは、詮無いことをいった」

無言のアストリアスをどう見たのか、アリオンは気を変えるようにして頭を振り、椅子に座り直した。

「オル・ファン殿、現在、われらが勢力はいかほどになっているかな」

「わたくしが雇いました傭兵が、まず五千ほど」

オル・ファンは細い声で答えた。

「もうしばらく時間をいただければ、一万、一万五千ほどは集まることと存じます。カダインにあるアリオン様の手勢は――」

「約二万ほどか」

あごに手を当ててアリオンは首をかしげた。

「あわせて三万、三万五千――いまだゴーラにまともに対するには少なすぎる。モンゴール国内に伏せている勢力を糾合するにしても、まだしばらくの時間はいるか」

「以前少しお話ししましたが、タリアを頼ることについてはいかがお考えですか」

ハラスが口をはさんだ。

「タリアのアレン・ドルフュス嬢はアムネリス様とサリアの姉妹の絆を結んでおられたとか。前回のモンゴール再興の戦いの時にも、二千の兵を率いてロスを攻略し、救いに駆けつけたとお聞きしております。アムネリス様の御自害のことも、耳にしておられましょう。またそのお子となれば、無下にはなさいますまい」

「遠すぎる」アリオンは渋面を作った。

「ここからではるばるモンゴーラ連山をこえ、自由国境地帯を横切っていかねばならない。むこうから来てくれるならまだしも、こちらから助けを求めるのは難しかろう。それならばまだ、まっすぐにトーラスにむかって勝負をかけたほうがよい」

「トーラスにはまだ二万のゴーラ兵が守備兵として駐屯しております」

「そのとおりだ。いくらトーラスの市民がいざとなればモンゴールのために立つとしても、二万の兵は二万の兵だ。かりに、われらの手勢を三万と見積もって、緒戦には勝利したとしてもそれから攻め寄せてくるゴーラの軍勢を支えきることはできん。いかに混乱してはいようと、イシュトヴァーンがもし先頭に立てば、あれの戦神ぶりを知らぬものはおらん」

「イシュトヴァーンはまだパロから動く様子を見せぬとか」

「何を考えているのやら」アリオンはいらいらしたように手を組み合わせた。

「宰相を殺しておいていまだに国を空けているとは一国の王とも思えんふるまいだが、あの男はもともと、人をおどろかす行動にたけているところがあるからな」

「なにか考えがあるとお考えですか」

「わからん。だが、用心に越したことはなかろう。パロにはなにやら、あやしい竜の頭をした怪物が現れたとも聞いている。奇手奇策を弄するイシュトヴァーンのことだ、どんな手を使ってきてもおかしくはない」

「魔道のしわざだと言うものもおりますが」

「であってもおどろかんな。もとより、パロの女王を妻に迎えるという目的自体がうさんくさい。パロは弱体化したといっても、やはり三千年の歴史を持つ魔道の国だ。どのような秘密が隠れているかわからん。イシュトヴァーンとその、竜の怪物がどのようにかかわっているかはわからんが、もし、イシュトヴァーンがその竜の怪物をひきいて攻め寄せてくるようなことがあれば、目も当てられん」

一瞬、凍りついたような沈黙があった。オル・ファンもハラスも、ものにおびえたように口をつぐんだ。アリオンは自分の口にしたことにぎょっとしたように黙りこみ、それから具合悪げに咳払いをした。

「ともかく、われらとしてはわれらの真のモンゴール再生のために働くのみだ。ハラス、おぬしには悪いが――マルス伯爵の後見によってドリアン王子がモンゴール大公についたところで、それはどこまでいってもゴーラのひもつき、ゴーラの傀儡国家にしかなりえん。それでは意味がない。われわれは、真のモンゴールの独立を、あの暴虐の流血王から取り戻さねばならんのだ」

「ドリアン王子を押し立てて、民に参加を呼びかければかならず人々は立ちあがるでしょう」

興奮した口調でハラスがいった。

「ドリアン王子はアムネリス様の正統なお子でいらっしゃる。イシュトヴァーンの血が入っていることは懸念材料ではありますが、ゴーラの傀儡としてのモンゴール公国としてよりも、三大公国の時代のような独立国としてのモンゴールを望むものは多いはず。イシュトヴァーンは姑息にもドリアン王子を形だけのモンゴール大公としましたが、それよりも、人民の手にドリアン王子を取り戻し、ふたたびモンゴールの完全独立をうちたてるほうがどれだけよいか」

「その、ドリアン王子はいまやわれわれの手の内にある」

アリオンは誇らしげにいった。

「そしてイシュトヴァーンはゴーラになく、カメロン宰相も今はない。……確かに、われわれはいまだ弱小、全ゴーラ兵を相手にするにはまだまだ小さすぎるが、今このとき、ゴーラという国が完全に頭を失っているこのときを外せば、蜂起の時はありえないと感じる。そうではないかな」

ハラスは頬を紅潮させてうなずいている。オル・ファンはまぶたを半眼におろしてじっとうずくまり、諾とも否ともいわない。その口元に、あるかなきかの笑みがわずかに浮かんでいる気がして、アストリアスは背筋に虫の這うような不快感を抱いた。

「――よろしいのですかな。モンゴールの独立だけで」

　静かに口を開いたのはオル・ファンだった。顔を紅潮させたアリオンはけげんそうに振り向いた。

「なに？　どういうことだ」

「モンゴールの独立だけでよろしいのですか、と申し上げたのですよ」

　あくまで静かにオル・ファンは繰り返した。

「よろしいですか、今、イシュトヴァーン王は国を空けております。国政を一手に預かっていた宰相は王の手によって殺され、まつりごとは混乱している。にもかかわらず、王は国に戻る気配すら見せていない。つまり、王には、国のようすなど気にしている余裕は、少なくとも今はないようだ、ということです」

　アリオンとハラスはけげんそうに目を見交わした。オル・ファンは目を薄く底光らせ、なめるように二人を見上げた。

「つまり――いまのゴーラには、王が不在だということ、そして」

「そして？」

「不在の王座ならば――別の人間が乗っ取ることもできる、ということです」

　しびれたような沈黙がただよった。

　気を呑まれたように黙り込んだアリオンとハラスが、「どういうこと――」「何をいって――」と口々にしゃべり出すのを抑えて、オル・ファンは両手を挙げた。

「つまり、つまりですな。――こちらには、ドリアン王子がいる。正統な王太子であり、モンゴール正統の大公でもある。国に不在の王に、王たる資格はない。であれば、われわれは不在のイシュトヴァーン王の王権を否認し、新たな王――ドリアン王子を、モンゴール大公にしてゴーラ王として、玉座におつけすることもできるのではないか、ということです」

アストリアスは自分の喉が引きつるのを感じた。頭がさすように痛み、まぶたの奥で、緑の瞳とあの幼児のまつげの濃いまなざしが交錯した。

「それはつまり――つまり、イシュトヴァーンを王座から追い落とすということか」

「すでに当人が玉座を空けているのですよ。当人もどうせ街道の盗賊あがりの男、すきをみせればたちまち討ち取られることなど承知の上でなければおかしい」

平然としてオル・ファンはいった。

「ゴーラの傀儡としてのモンゴールではなく、独立したモンゴールをとおっしゃる。よろしい。では、モンゴールそのものが、立ちあがってゴーラを呑み込んでしまえばよろしい。いまのゴーラの位置に、モンゴールがつくのです。ドリアン王子をゴーラ国王として擁立し、イシュトヴァーン王の王権を否認する。モンゴールの完全な独立を勝ち取るには、いずれにせよゴーラからの完全な解放が必要なのです。それならばいっそのこと、ゴーラそのものを乗っ取ってしまえばいい。これまでモンゴールが舐めさせられた辛酸を、こんどは、ゴーラになめさせてやればよいのです」

「しかし、それは——あまりに大胆な……」

「大胆というならば、すでにあなたがたはイシュタールから王太子を誘拐し、その手元においておられるのですよ。このあとそれを、どうお使いになるおつもりだったのです。人質としてゴーラと交渉し、モンゴールの独立を勝ち取る？　しかし、それならば、もう一歩進めてなんの損がありますか。何をするにしても、ゴーラとの全面対決以外はあり得ないのですよ。それならば、不在の国王より幼君であっても新たな王を立て、その権威のもとに集うものを糾合して何が悪いのです」

しばらくはあえぐような声しか漏れなかった。アストリアスは石化したようにその場にうずくまり、床に目を落としていた。つめたい汗が髪のあいだを流れ、背筋をつたってしたたり落ちた。

「し、しかし、それは——」

「むろん、国は荒れましょうな。ゴーラは大きく二つに分かれましょう。イシュトヴァーン王につくもの、利益を見込んでドリアン王太子につくもの」

オル・ファンの薄い唇にはかすかな笑いが浮かんでいた。

「しかし、荒れるならそれこそがこちらのつけめではありませんか。王は不在、宰相もおらぬゴーラはただでさえ混乱している。そこに、新たな幼君を押し立てるものが現れたとなればどうなります。流血王イシュトヴァーンをいとうもの、またかれに冷遇されてきた旧ユラニア勢、またモンゴールの人民は、こぞって反イシュトヴァーン勢力としてドリアン幼王のもとに参集しましょう。擁立者が、モンゴールの勢力だとなればなおのことです。

よろしいですか、われわれは、ゴーラという一国とぶつかろうとしているのです。ならばできるかぎり、相手には弱体化してもらったほうがいい。それには、国を二つに分裂させるほどよいものはない」

「うーむ……」

「王が国に不在、留守を預かる宰相もおらぬ。確かに行動を起こすにこれ以上の機はございますまい。ならばもう一歩進んで、より敵が混乱するような手を打とう、と申し上げているだけでございますよ。ただドリアン王子を人質として使うよりよほど、相手の力をそぎ、こちらのふところにとりこむ手段を、ご提案しているだけのこと」

オル・ファンは目を上げ、笑った。歯が牙のようにわずかに光った。

「いかがですかな。この提案、考えてみる価値はございませんか」

2

「おとーと、まだみつからないの？」

ウーラの肩の上で、スーティがじれたように声をあげた。足をぶらぶらさせて体をゆすり、早く前に進みたいかのように身を乗り出している。

「ええ、うるさいわい。今、おいかけているところじゃわ」

グラチウスは邪険に言い返した。立てた指先に、青白く光る炎のようなものが浮いている。上空の気流が袖や裾をなびかせてはたはたと音を立てている。周囲はどこまでも広がる碧空で、足下には、玩具のように小さい街や村が過ぎていき、そのあいだに赤い街道が編み目のように広がっている景観があった。

「ええ、こんなものさえなければ一瞬にしてわしが取り戻してやろうものを――子供のひとりやふたり、なんでわしが、このような」

『時空移動に関する魔道の使用は認められません』

すかさず琥珀が押しかぶせる。彼女は黄金の髪に包まれた姿をほんの一瞬空中に現し、グラチウスをのけぞらせてから また姿を消した。

『あなたは星の子を拉致、あるいは甘言(かんげん)を弄(ろう)して自らの手に収めようとした前歴があります。限定範囲以上の魔道の使用を認めることは、星の子、およびその縁者への危害を加える可能性を看過することとなり、よって、使用は認められません』

「えい、やかましい、黙れ、糞めが。くさくさいわれんでも承知しておるわい。このしが、〈闇の司祭〉が、木っ端魔道師ごときのようなまねをしてちょろちょろしておるなんどと、まったく……」

イシュタールのイシュトヴァーン・パレスから脱出するのは入ったときよりも難しかった。気絶させた見張りの前を通りすぎるまではよかったが、やがて、巡回してきた警備兵が気絶した見張りを見つけて警報を発し、たちまち宮殿が慌ただしくなった。

そんな中をグラチウスの目くらましを使ってくぐり抜け、なんとかはじめに入った厨房まで下りて、ようやくもぐりこむことができた。街に出て、スーティを預けておいた宿屋に戻り、その晩は泊まったが、翌朝になると、都の警戒はますますきびしくなっていた。

「なんでも昨晩、王宮に入り込んだあやしい奴がいたって話でねえ」

宿のおかみは、出発すると告げに行ったグラチウスに困った顔で手を頬に当ててみせた。

「けさから、兵隊があちこちの店や宿屋を巡検してまわってるし、城門の警備も前よりずっとかたくなってるってことだよ。入ってくるならまだしも、出ていくほうは、ほとんど通してもらえないとかで、うちのお客さんも困ってる人がいっぱいいてねえ。次の商売に向かおうってのに、足止めを食ってる人がたくさんいるのさ。あんたたちもどこへ行くのか知らないけど、急ぐ旅じゃないんなら、もうしばらく、ここにいちゃどうだい。特に子供を連れてる人間にはきびしいって話だしね。王子様をさらった奴らがまだイシュタールにいるとはあたしゃ思わないけど、小さい子供を連れてる旅のものは、特にびしびし取り締まられてるってことだよ」

「なるほど、それは大変だの。ご忠告はありがたいが、しかし、わしらも行く先がある身での。なんとか、通り抜けられんかやってみるわい。世話になったの」

宿を出て、市門のほうへ歩いていってみると、まさにおかみのいったとおりだとわかった。門の周囲に黒山のような人だかりができていて、長い列が市場のほうまで長々と伸びている。列の前のほうからは困惑したような話し声や怒鳴り声、懇願の声、さまざまな話し声が渦を巻いて流れてくる。

「お願いしますよ、わしらあただのヴァシャ売りで。これ以上ここに足止めされちゃ、せっかくの商売ものがいたんじまいまさあ。なんもあやしいことはございませんで、なんとか通していただけませんかねえ」

「わたしらただの近在の農家のものでございます。家に年寄りをおいてきておりまして、これ以上あけておりますと具合が悪うございまして……どうにか返していただくわけにはまいりませんか」

「いいかげんにしろ！　わしはルイン子爵のご用を承っておるのだぞ？　そのわしを、くだらんことでいつまでも引き留めおって、このことは正式に抗議させてもらうからな。それがいやならさっさと通すがいい。わしの我慢にも限りがあるぞ」

「……これは、どうやらすなおに門から出るのはあきらめたほうがよさそうだの」

グラチウスはいった。

「普通のものさえ満足には門から出してもらえんらしい。おかみもいっておったが、子供連れに対してはますますきびしいそうだしの。スーティ坊を連れておっては、とうてい通してはもらえるまい」

『どうするのです？』姿を見せずに琥珀が尋ねる。

「さて、それは、おまえさんがどう考えるかじゃの」

グラチウスはうろんげに目をすがめてスーティの頭の上あたりを見やり、

「空間移動はいかんというたの。じゃとすると、〈閉じた空間〉は使えんときた。それでは、ちょいとばかり重力を操作してみることは許してもらえるのかの。地べたを通っては出られんとなれば、地面の下か、でなければ上を通っていくしか方法はあるまい」

『危険ではないのですか？』

「あまりこのわしを見くびるではないぞ。空を飛ぶくらい、このわしにとっては息をするにも同じなことじゃわ。なんの危険なことがあるものか」

『それでは、いいでしょう。星の子に危険が及ぶようなことがあれば、即座に私が抑制します』

グラチウスはぶつぶつ唸ったが、そのまま、その場で両腕を大きく広げて、そばにいたウーラとスーティをかかえ込むような仕草をした。同時に、ふわりと身体が浮き、スーティを抱きかかえたウーラもいっしょに宙に浮き上がった。

ウーラは身体が浮かびあがった瞬間にぐらりと揺れ、歯をむいて唸って両手両足でもがいた。スーティもびっくりしたように首をすくめ、ウーラの首にしがみついた。グラチウスは構わず、ぐんぐんと三人を上昇させていく。あっというまに人混みが遠ざかり、イシュタールの街が足の下になった。周囲の人間は、人三人が目の前から突然浮かびあがったというのに誰も騒ぎもせず、なにごともなかったように行き来している。

『人目に立ちはしないのですか？』

「このわしをなめるでないぞい。ちゃんと目くらましくらいかけておるわ。あれら有象無象はわしらの姿など目の端にも見えておらんわい」

ぐんぐんと高みまで上りつめ、眼下にあたり一帯が一望できるまで上昇したところで一時停止した。

もうイシュタールは眼下に群れる蟻の巣のようでしかない。赤い街道を進んでくる荷車や旅人の列がごま粒のように見える。開いた市門からさかんに武装した一隊が出ていくのは、王子探索の手の者だろう。グラチウスの結界が働いているのか、上空の寒気や強い風は吹きつけてこない。よく見ると、周囲を球形のうっすら光る膜のようなものが包んでいて、ゆっくりと揺らめいているが、破れる気配はないようだ。

ウーラは暴れるのをやめて、スーティをしっかりかかえ込みながらうさんくさそうに鼻にしわを寄せている。スーティも、一時はおどろいたようだが今は目を丸くして、ウーラの首にしっかり抱きつきながらさかんにあたりを見回し、足もとのはるかな景色を眺めていた。

「すごーい！　たかーい、ね、じいちゃん、たかいたかいね！」

「怖がらんのはまあよしとしようかの、ちびすけめ。……ふむ、それでは、これかの」

ふところに手を入れて引き出す。出した手の指先には、青白く光る数筋の馬の尾の毛が立ちあがってゆらめいていた。指を立てたまま回すようにすると、一方向へ毛がなびくように動く。何度か回してみて、方向を見定めると、毛のしめす方角へゆっくりと一行は空を渡りはじめた。

イシュタールからは南へガザ、北へマリナン、東へはミシアとラウールの、四本の街道が出ている。方向からして、ドリアン王子を拉致した一行はミシアからラウールの方角へ逃亡したようだった。ミシアを通る道筋はガンビアを通ってカール河河畔のタスへ、ラウールまわりの道はイルナを通過して、いったんクムとの国境近くのガブラルまで南下し、そこからまた東進してタスへと合流する。

タスから先はアルバタナへ北上する道と、国境を越えてヒーラからボルボロスへ、そこからモンゴーラ連山へ向かって進むカダイン路、ボルボロスからオーガス砦をたどってガリキアへと進む路にわかれる。

「ドリアン王子を誘拐したものが何者かは知らぬが、いずれ旧モンゴールの勢力のものであろうな」

飛びながらグラチウスはひとり言のようにいった。

「であれば、東進したところでアルバタナはめざすまい。おそらく旧モンゴール領内、できるならばトーラスを目指していくはず。さて」

手を回すと、指先の炎はちらちらとなびいて引っぱられるように一方へとゆらめく。

「とはいえ、人目を忍ぶものがずっと街道を馬鹿正直に進んでおるはずもなし、どこかで道を離れ、旧街道かどこぞの裏道、もしくは森の中なんどに隠れておる可能性が大とみた。……ふふむ」

「じいちゃん、おとーとどこにいるの？　まだみつからない？　こわいおもい、してない？」

「やかましいわい、そんなことわしが知るものか。……ああ、くそ、わかったわかった。今探しておるゆえ、そのような顔をするな。おぬしの守り手どもときたら、まことに、やっかいなものぞろいじゃて」

そっけなく撥ねつけられたスーティは唇をとがらせて膨れ、するとたちまちウーラが歯をむき出して威嚇の表情になる。人間の姿になっていても、金色の瞳とたてがみめいた銀髪に、褐色のたくましい肉体は威圧感がすさまじい。琥珀も、今は見るものもないとて金色に揺らめく姿を現し、とがめるようにグラチウスを見つめる。誰も味方をする者がないグラチウスは、呪いの言葉を吐きながらも、首をすくめ、方角をさぐる作業に専念するしかない。

そのまま二刻（ザン）ほど飛びつづけた。もはやイシュタールははるかかなたになる。足の下はゆるやかに起伏する草原と渓谷で、ところどころに森林と小さな村が点在し、その中を、赤い街道が赤色の糸のように続いている。イシュタールを離れた現在、街道に人通りはあまりない。グラチウスの指先の道標はあいかわらず東方へとふきなびいて道筋を示している。

『複数の生命体の動きを感知しました』

琥珀がぴくりと頭を上げた。

『近くではありません。推定五十モータッドから六十モータッドの位置。百から二百程度の生命体が、集団で移動しています。街道上ではありません。商人や旅人などの、一般の行動パターンとは明らかに異なっています』

「うむ。どうやら、見つけたようじゃの」

指を立ててはかるようにしながら、グラチウスもいった。

「方向も合致しておる。おそらく露見を恐れて街道から旧道へはいったのであろう。どれ、追ってみるとするか」

「おとーと、いるの？」

スーティはウーラにしっかりと抱かれたまま、身を乗り出して息をはずませた。

「スーティ、おとーとたすけなきゃ。スーティ、おとーとみつけるんだ！」

さらに半刻ほど飛びつづけた。足の下はしだいに原野から、森林へとかわっていった。街道ははずれて、もう見えない。方角からするとラウールを通過し、イルナへ向かう途中で道をはずれたようだ。

グラチウスは高度を下げ、地上の様子がよく見える場所まで下りた。眼下に広がるのはまばらな林と、そのあいだを縫うように走る細い旧道である。道は細く、舗装もされていない。道幅はせいぜい三騎か四騎の騎馬が通れる程度で、道はところどころ伸びすぎた木の枝が突き出し、ときには茂みに完全に塞がれている場所もある。

「轍（わだち）があるの」

　地面にじっくりと目をこらして、グラチウスがいった。

「馬の足跡もある。糞のあともじゃ。どうやらきゃつら、この道を行ったのは確からしいぞ。赤ん坊連れじゃ、馬車がいっしょらしい。であれば、さほどの速度は出せぬはず。先へゆけば、追いつくにちがいないわい」

「おいつく？」

　スーティは目を光らせた。

「おいついたら、スーティ、おとーとたすけられる？　じいちゃん、おとーとたすけられる？」

　グラチウスはにがい顔をして黙っていた。追いついたところで、すぐにドリアン王子を助けられるかどうかは別問題である。百名から二百名の人間がそばについていることは琥珀が感知したとおりだし、そんな中へのこのこ出ていって、王子を返せといったところで通じるわけもない。

　ましてやこちらは、三歳の子供に口をきかぬ銀髪金目の巨漢、乾ききったような老人、姿の見えぬ石の精霊という妙な一行である。グラチウスが自由に魔道を使えるのならいざ知らず、いまの、何重にも力を抑制された身では、近づいただけで怪しまれるどころの話ではない。

それに、スーティ自身の身の上のこともある。一時はグラチウス自身が、イシュトヴァーンの息子であるスーティを手に入れようと画策したこともあるのである。

もし、スーティがイシュトヴァーンの血を引いていることを知っているものがいでもしたら、ドリアン王子ともども、ゴーラとの交渉の種に使えないものでもないといいだすかもしれない。実際にそう考えて、アストリアスのようにスーティとフロリーを襲った人間もいるのだ。

（そんなに簡単な話ではないのだぞ、がきめ……ええ、わしが力さえ使えれば、たかが赤児ひとりごとき指先ひとつで手に入れてみせるものを……いやいや、そもそも、このようなところでこのような有象無象に同道してなどおらんものを……）

『確かに、この道で間違いないようです』

胸の内で歯がみしているグラチウスのことなど無視して、琥珀が細い指で指さした。

『ほら。樹木が、除けられている』

古い樹木が倒れて、道をふさいでいる箇所があった。かなり長い間そのままにされていたようだが、ごく最近、何者かが幹を動かし、路上からどけてわきへ運んだあとがある。あたりの茂みも切り払われ、道が広くされていた。

グラチウスは地上近くまで下りた。確かに人の気配が濃くなっていた。古い木は道の端に押しやられ、切られた枝や根が重ねられている。焚き火の痕跡がいくつか残っており、目立たぬようにかき乱してはあるが、灰と燃えさしが草のあいだにまき散らされている。

「この道を追えばどうやら追いつけるようだの。――む。待て」

グラチウスは耳をそばだてた。

「なにやら聞こえるぞ。馬蹄の響きじゃ」

ウーラが頭を上げてううっと唸った。グラチウスは高度を上げ、周囲が一望できる高さにまでふたたび上昇した。

五モータッドばかり離れた、ちょうど街道からこの旧道へ入ろうとするあたりを、一隊の騎馬隊が動いていた。目をこらすと、騎馬のまとう鎧と武装が鈍く輝いているのがわかる。正規軍のようであることがうかがえた。

「追っ手か」

グラチウスは低く呟いた。

「どうやらわしらが見つけたものを、ゴーラの手の者も見つけたようだて」

少し後戻りして、騎馬隊の頭上あたりを飛んでみる。間違いなく、ゴーラ正規軍の軍装だった。数はほぼ二十騎ほど、先頭に甲飾りをなびかせた指揮官がたっており、轍と馬蹄のあとを子細に調べている。やがて頭を上げ、指示を怒鳴って、伝令を走らせてからふたたび馬上にのぼった。部下を引きつれ、旧道に馬を乗り入れていく。

「これは見ものだわい」

　思わずグラチウスはいった。

「きゃつら、脈ありとみて仲間を集めるぞ。これは、早く追いつかねばややこしいことになりそうだの」

『そんなことを言っている場合ではないでしょう』

　琥珀がきびしくいった。

「かといってどうしろというね。わしに警告でもしろというのかね」

　開き直ったようにグラチウスは口をとがらせた。

「あとをつけられるようなへまをするのはやつらの勝手、見つかって捕らえられるのも奴らの勝手じゃい。おお、そうじゃ、ひょっとしたら、このまま放っておいてやつらに誘拐の一味がとらまえられるのを見送るのがいちばんの安全で早い手かもしれぬぞ、スーティ坊よ。少なくともゴーラ兵の手に戻れば、ドリアン王子は安全であるし、おぬしのいう『わるいやつら』の手からは逃れられるというわけじゃ。どうじゃ、そうするかな……あいた。わかったわい。しょうがないのう」

　スーティのしかめ面と、ウーラのうなり声、琥珀のとがった目つきをあびて、グラチウスは首をすくめてぶつぶつ言った。

「わしゃ、ただいちばん楽で、まっとうなやり方を提案しただけじゃというに。そもそも三歳の子供が、誘拐された赤ん坊を取り戻すなんどというのが無理な話よ。そんなことは大人にまかせておけばいいというのに、わがままなくそがきめが」

『もしも争いになれば、誘拐されたドリアン王子にも危険が迫るかもしれません』

琥珀がはっきりと言った。

「ドリアン王子はどちらにとっても大事の存在よ。危険のおよぶ真似をさせようはずがなかろうが」

『それでも万が一のことがあります。追っ手に迫られた誘拐者が、王子の命を盾にとることも考えられなくはないでしょう。わたしは星の子の縁につながる人間に、危機が迫る可能性を看過できません』

「ええい、ああ言えば、こう言う……」

グラチウスは仕方なさそうに息をつくと、ふたたび高度を上げた。林の中を進んでいくゴーラ軍の頭上に位置をとると、そこから、軽く手を振るような動作をする。特に何も変化したようすはなかったが、そのまま向きを変え、誘拐者たちのいるほうに飛び始めたグラチウスに、琥珀が、

『いま、何をしたのですか』

「うるさいのう。やつらが追いつけぬように、ちょいと迷いのまじないをかけてやったのじゃわい」

面倒くさそうにグラチウスは答えた。

「あれでやつらはいくら進んでも迷いに迷って、追いかける相手にはいっかな追いつけぬじゃろ。そのあいだにわしらはなんとか誘拐の一味に追いついて、王子を救い出す算段よ。……さて、どうすべきかの」

うなるようにグラチウスはつぶやいた。

「たしかに、わしとしてもドリアン王子がぶじにゴーラの手に戻るよりも、このまま旧モンゴールの人間の手にあってくれたほうが面白いのは認める。……ドリアン王子はアムネリス大公の子にしてイシュトヴァーン王の子、モンゴールの人間にとっては大公の一子にしてかつ憎むべきイシュトヴァーンの子、……愛憎なかばする対象というところだの。とはいえモンゴールという国の頭にかつぐ人間としてはほかにあてはまる相手はおらぬとくる。……まあ、このちびすけという子供はいるにせよ、こちらにはモンゴールの血ははいっておらぬし、イシュトヴァーンの子としてゴーラ相手に盾にとることはできても、モンゴールにとって意味のある子供というわけでもない。

強力な星のもとに生まれておることは確かだ、どちらの子供もな！　流血王イシュトヴァーンの紅い星の血を継いで生まれた子供、しかも、ドリアン王子はアムネリス大公の血の怨恨をもその運命の根本にあびておる……アムネリス自身がさほどの強力なパワーの持ち主であったというわけではない、が、その死に際に発した強烈な憎悪の力は確かにその子に消えぬ刻印を刻んでいる。こちらの小イシュトヴァーンが運命の結び目であるのと同じほどに、かのドリアン王子も因縁の落とし子であるにはちがいない。そもそもゴーラという国自体が因縁が深い。……前身であったユラニアはわしの手によって国力を弱められ、ついにたおれたが、そのあとをおそう形で立ったゴーラははじめからわが手によって魔道の力にささえられておった。サウル皇帝の亡霊！　使者から王冠を授けられるとは、わがなしたことながらなんとイシュトヴァーンには似合いのことよ。あの男は血と炎と死によってみずからの玉座を築き上げる男、死体と血河の上におのが王座を定めるものであるゆえな。

おう、イシュトヴァーンをめぐる星々のまどいよ！　一介の人間であるとはいいながら、あの男が周囲に広げる波紋は深く強い。グインほどではないにせよ、その影響はわしでさえも心ひかれる……今やパロにあってかの竜王の手になる人造人間の近くで、おのが最大の支えたるべきカメロンをも殺し……げんざいは悲嘆の底に沈んでおっても、いずれその性情がまた火を噴くは必定……あの男の運命は血に染まっておる。血染めの運命はその子供らにも影響をあたえずにはおかぬ……真紅の星はかの王の頭上に燃えさかり、こぼれおちる血潮はその子らの頭をも赤く染めておる……運命の刻印が子らの額にはある……星々は血染めの指で子供らに触れ、その刻印は鮮血の色で燃えあがり闇にまたたく」

『誘拐者の一行が見えてきました』

　琥珀がいった。

『どうするのです。闇の司祭よ』

「ふん。どうするかの。……まず、よくようすを見ることからはじめるか」

　グラチウスはうなるように答えた。

　そのままゆっくりと降下し、行列を作って林のあいだを進む一行に接近する。

　先頭は青い鎧に身を固めた騎士を中心に軽装の男が一騎、商人風の服装をした男が従者を引きつれて続き、その後ろに、武装した集団が二十騎ほどつづいている。行列全体は約百騎、色や形は一定しないがほとんどが武装しており、中にはかつてのモンゴールのしるしである蠍のしるしを身につけているものもいる。傭兵風の胴丸やぼろぼろの籠手、革のすね当てや腰覆いなど、寄せ集めの装備のものも半分ほどいるが、それらは列の後ろに回され、中心からは遠ざけられていた。

　列の真ん中に、一台の小さな馬車が進んでいる。馬一頭が引くささやかなもので、といってもそれ以上大きな馬車ではこの狭い旧道を通ることはできなかったろうが、黒塗りの扉には紋章を引き剝がしたあとがあり、どうやら以前はどこかの貴族のもちものだったらしい。それなりにしっかりした造りで、地面を踏む車輪もきしんではいない。つながれた馬も立派なもので、砂利だらけの道を進むところはそこそこなめらかだ。

　グラチウスはさらに近づいた。姿かくしのまじないを用いたままぐっと接近し、馬車の窓から中をのぞき込む。扉にはごく小さなのぞき窓があり、そこから内部を見ることができた。

「ほ。いたぞ」

「おとーと?」

　グラチウスがつぶやいたのに反応した、スーティがぱっと頭を上げた。

「おとーと、いたの?　どこ?」

　馬車に併走するようにふわふわと浮かびながら、グラチウスの顔にほおを押しつけるようにしてスーティが伸び上がった。

　馬車の中には、クッションを敷いた座席に腰掛けた女性と、柳で編んだ籠に寝かされた赤ん坊がひとりいた。赤ん坊は泣いたあとらしく、顔が赤く、ほおが涙に濡れていたが、今は眠っていた。親指を口につっこみ、きっちりと毛布にくるまれている。

「おとーと!」

「これ、声が高い」

　あわててグラチウスがスーティの口を押さえる。すぐそばを走っていた騎士がふと何かを聞きつけたように顔を上げ、けげんそうに周囲を見回した。

「姿隠しの術がかけてあるとはいえ、さわぎすぎては感づかれることがないともいえん。

……さて、どうやらドリアン王子は見つかったようだの。どうするな、ちびすけよ。ドリアン王子を連れ出すか。しかし、この走る馬車から王子を奪い去るのは難しいぞ。わしの力が万全であれば、そんなことはへでもないがの」

じろりと琥珀をにらむ。琥珀は涼やかな顔のまま、なんの反応もしない。

「まずはこの隊列が止まって休息するまで待ち、王子が馬車を降りたときを狙って掠いとるか。いっそのこと、わしが部隊の人間全員に目くらましをかけ、王子の姿を見失わせておいて、そのあいだに奪うか。乱暴なことになりたくないなら、それが最上だと思うがの。おぬしは子供だが、いかに子供であろうと、いや、子供であればこそなにをするにしても目立つわ。わしが姿を隠してやるゆえ、王子がひとりになった時を見はからって、そっと奪いに行くがいい」

「スーティ、いくよ」

熱心にスーティはうなずいた。

「おとーと、きっと、スーティのことまってる。わるいやつら、おとーといじめるのだめだ。スーティ、がんばって、たすけるんだよ」

「よかろう。では、とにかくこやつらが止まるまでは様子見じゃ。しばらく静かにしておれよ、ちびすけ。いかにわしとて、弟弟とうるさく騒ぎ立てるちびを隠してやるほど、優しゅうはないのでの」

3

「止まれ！　休息！」

「休息！　休息！」

列の前から後ろへと伝令が回っていく。馬車を中心にした隊列は、やがてゆっくりと停止した。あたりにはいつしかうす闇がおり、夜鳥のなく声が遠く近く聞こえた。青白い月がのぼり、水のような光を木々のあいだからまだらに降りそそいでいる。

アストリアスは馬を降り、ふっと息をついた。ずっと馬車のそばにぴったり貼りついていたので、多少気疲れしていた。心配していた追っ手もまだ追いついては来ぬようで、一日なにごともない行軍だった。

もうしばらく進めば、カール河の流れにぶつかるはずだった。予定では、そこで二手に分かれ、ドリアン王子を連れた一方は船を仕立てて水路旧モンゴール領内のヒーラまで下り、そこからアリオンとホン・ウェンが軍兵の本隊を置いている、カダインまで行くという手はずになっていた。

王子を連れていないもう一方のほうはおとりになり、タスからクム領内をめざして南下することで目をくらますことになっている。あまり期待はできないが、可能ならば王子誘拐の背後にクムの存在があると見られればもうけものといった考えである。クムのタリク大公は現在、ゴーラの膝下でおとなしくしているように見受けられるが、パロの女王に結婚を持ちかけたりしているところを見ると、まだ野心を完全に収めているわけではないらしい。宰相がもはやなく、王も不在で判断力に欠けているいまのゴーラが、もしもクムに矛先を向けてくれるようなことがあれば、それだけ、こちらへの追及が遅れるという思惑だった。

船の準備は先行させた一隊がととのえることになっている。ひとまずの目的地が近くなったということもあり、隊列にはなんとなく安堵したような空気がただよっていた。アストリアスは馬をひいて道の脇により、身体をこすってやって、草を食べられるようにつないでおいてやった。ほかのものもそれぞれに馬をつないだり、かぶとをとって汗を拭いたり、糧食を取りだして口に入れたりしている。

カール河への到着は明日の昼ごろになるだろう。その頃には船の準備もできているはずだった。今夜はここで野営し、明朝、カール河河畔の合流点へ出発すれば、それでちょうど間に合うはずだった。

とまった馬車から、ドリアン王子を抱いたアリサ・フェルドリックが降りてきた。こ

のひかえめな女性は、隊列の中にいてもほとんど声を聞かせたことがない。アリオンが、

「さあ、こちらへ、アリサ殿」と焚き火のそばへうながすと、ほほえんでうなずき、王子を腕に抱いたまましとやかに火のそばに腰をおろした。

王子は目をさましていた。乳はもらったあとで、くっきりした眉のあいだにしわをよせながら、まわらぬ舌でなにか呟いている。急に「うー！」とうなってそっくりかえるが、アリサがやさしくなだめると、多少不機嫌そうながらまたおとなしくなって、じっと抱かれるままになった。

少し離れたところから、アストリアスはそのようすを見つめていた。頭の中では昨晩、自分の前で交わされた密談がまだこだましていた。

（ドリアン王子を……ゴーラ王に）

アストリアスは武人であって策謀家ではない。彼の頭は政治を考えるより、単純に剣を振りまわし、敵と戦うためにできている。その彼には、この考えがどれだけ現実性のあるものかの判断はつかなかった。ただ、目の前にいるこの小さな子供に、そのような可能性が課せられていると考えると、なにかそら恐ろしいような気がした。

（そうだ……この子はアムネリス様のお子なのだ……）

アムネリス公女の血がモンゴール一国を超え、ゴーラという国の頂点に立つ。かつて、心のすべてをかたむけて想いをささげ、そのために身を滅ぼすまでに至った女性の血脈

がそれだけの地位にのぼると考えれば喜ぶべきことではあるにちがいない。だが、アストリアスは、そのことを考えると漠然とした恐れがおのれに近寄ってくるのをこらえることができなかった。

理由はよくわからない。ゴーラ王、という地位は、アストリアスにとってこれまであくまでイシュトヴァーンのものであり、憎むべきアムネリスの仇であり、少なくとも心をかたむけるような対象ではなかった。それが、とつぜん想う女性の忘れ形見のものになるという話を耳にしても、なかなか本当のようには思われなかった。

（アムネリス様のお子がゴーラ王になる……）

自分の知らぬ間に、自害をはたしていたという愛しい女性。彼女は、自分の息子がモンゴール大公を越え、ゴーラ王と呼ばれることになるのを、どう思うだろうか。

「アストリアス様」

おだやかな声がアストリアスの物思いを破った。アリサが、火のそばからこちらを向いて微笑していた。

「火のそばへいらっしゃいませんか。お疲れのことでしょう。なにか、軽いものでもおとりになって、お休みなさいませ」

「いや、それがしは」

もぐもぐとアストリアスは言った。つい手が仮面にゆく。焼けただれた自分の顔を、痛いほど感じた。これを女人の目にさらすことはできない。

しかし呼ばれるままに火のそばに近寄り、腰を下ろした。バチバチともえる火を見つめると、一日のあいだに凝った疲れがほぐれていくようだった。

アリサの膝の上で手を動かしているドリアンを見つめる。王子の黒っぽい髪に光があたり、明るい銅色に見えていた。黒みがかった目にも炎が映って、子供は熱した銅でできているかのように金色に見えた。

「その……王子のご機嫌はいかがか」

「とてもよい子にしておられますわ」

アリサは言って、愛しそうに王子の額から髪をかき上げた。まるい、なめらかな額があらわになり、そこにアリサはそっと唇をあてた。

「見知らぬところにつれてこられたのに、とても勇敢。さすがはイシュトヴァーン様のお子ですわ。それは、ときどきはお泣きになるけれど、でも、びっくりするほど気強でもあられますのよ」

「イシュトヴァーン様、とお呼びになる」

アストリアスは言った。イシュトヴァーン王、もしくは、単にイシュトヴァーン、とだけ呼ぶものが多いこの一行の中で、それは多少奇異な響きに聞こえた。

「はい。主であった方ですから」

当然のようにアリサはうなずいた。

「さまざまないきさつはありましたが、わたくしを身近において、召し使ってくださったのはイシュトヴァーン様です。ご恩があるのを、忘れることはできませんわ」

「どうして、この企みに加わられたのですか」

問いが自然に口から出ていた。この女性が部隊内にいるのを見たはじめから、感じていたことだった。最初は、たんに女性がいることに対する驚きと好奇心のみだったが、のちにそれが、アリサ・フェルドリック、元白騎士隊長老フェルドリックの娘であり、イシュトヴァーンに父親を殺された娘である、と知ったとき、また、その彼女が、にもかかわらずイシュトヴァーンの身近で仕え、その身辺の世話をしていたと聞いたとき、疑念と好奇心は二重になって心にとりついた。

「確か、イシュトヴァーン王の身の回りの世話をしておられたとか……」

「はい。わたくし、お世話をさせていただいておりました」

またアリサはうなずいた。

「いきとどかないものではありましたが、親しく身近に使っていただいておりました」

「父君を殺した相手だったのでしょう」

アストリアスは声を強めた。もし自分であれば、そのような相手の下に仕えるなど屈辱のはずだった。責めたつもりはなかったが、アリサはふと目をそらして、さびしげに、

「そうですわね」とつぶやき、つづけて、

「わたくし、ミロク教徒なのですわ、ご存じ？　――ミロク様の教えでは、あらゆる争い、他人を害することは禁じられております、――でも、ミロク様のみ教えにそむいて、わたくし、あの方を害そうといたしました。ええ、確かに。あの時のわたくしは、確かに、あの方をにくんでいたのだと思います」

「それでは、なぜです」

「なぜでしょうかしら」

視線をそらしたまま、アリサは静かに呟いた。

「一度は確かにイシュトヴァーン様を殺そうと考えたわたくしですけれど、……結局、できませんでした。わたくしは、自分が思っていたほどにも強くはありませんでした。短剣を落として、あの方の前に崩れ落ちたとき、わたくし、これでもう死ぬのだとばかり思っておりました」

「だが、死ななかった」

「はい」

膝の上からずり落ちかけたドリアン王子を抱き直して、アリサは微笑した。

「あの方はわたくしを殺すことはなさいませんでした。なぜだかはわかりません。その上、追い払うことさえなく、身近においてお身のまわりの世話を任されました」

「なぜでしょう」

「さあ……」

王子の髪の上に頭を倒すようにして、アリサは首をかしげた。

「わかりません。もしかしたら、あの方もよくはわかっていらっしゃらなかったのではないでしょうか。ただ、わたくしのことを、おもしろい女だとおっしゃって、なにかと話しかけたり、からかったりなさいました。あの方のなさることやおっしゃることにはいつもおどろかされてばかりでしたが。

どこがそんなにおもしろかったのかも、わたくしにはよくわからないのです。ご自分の命をねらった女をそばに置いておくこと自体がおもしろかったのかもしれません」

「わからないながらに、仕えておられたわけですね」

「はい」

「それではなぜ、この企みに参加を？」アストリアスは尋ねた。

「ミロク教徒だとおっしゃった。ミロク教徒は争いごとに加わることをせぬ、とも。イシュトヴァーンに仕え、ミロク教徒として争いごとには加わらぬあなたが、どうして王子誘拐のくわだてに入られたのですか。イシュトヴァーン様、とよび、今でも主として思っておられるのであれば、どうして、その息子を誘拐するような陰謀に加わられたのですか」

しばらくアリサは黙っていた。考えているようだった。長いまつげをほおの上に伏せ、小さな唇をきっと引きしめて長いあいだ黙っていたあと、呟くように、

「このお方のためです」と答えて、王子の髪にほおをすりつけた。

「この方？　……王子のためと？」

「はい。おそらく」

アリサはそっと王子を抱きしめた。抱きよせられた王子はあうあう、となにか呟き、ぱっちりした目をあいて、アリサの髪をつかむようなしぐさをした。

「わたくしはミロク教徒です。ですから、父フェルドリックの娘として、この企みに参加するよう要請を受けたおりには、お断りするつもりでおりました。ミロク教徒として、人と争うこと、害すること、そういったことに関わりあうことはできません。イシュトヴァーン様を害そうとしてなせなかったときに、二度とこのようなことはすまいと心に誓ったはずでしたし」

「だが、思い直された」

「……殿下を誘拐する、と聞いたとき、ふと」

アリサはドリアンのほおを撫でて、そっと呟いた。

「ふと──それでは、殿下を連れ去ったあと、殿下をいつくしむことができるのは、誰だろう、と思いまして」

アストリアスはしばらく言葉を見失っていた。アリサもしばらく考え込むように黙り込んで炎を見つめていた。そして、ささやくように、

「ミロク教徒として、人を害することに加わることはできません。けれども、幼い子供がひとり、愛してくれるもののない場所に、投げだされることを見過ごすこともまたできない、と、ミロク様のみことばがわたくしに響きました。

わたくしがいなくても、きっと、どなたかは殿下のお世話をするものがいらしただろうとは思います。けれども、わたくしは、イシュトヴァーン様のお身の近くにお仕えして、この方のお父君を知っていますし、殿下ご自身にも何度かお目にかかって、存じあげていました」

ドリアン王子の髪を撫でなから、アリサはいった。

「わたくしがもしも断れば、殿下は誰ひとり知るもののない場所で、見知らぬ相手の手にゆだねられることになります。……誘拐のくわだてを止めることは、わたくしの手にはあまることでした。けれども、せめて、殿下を見知らぬ人間の中におひとりで放り出し、いつくしむ手のないままに捨て置くことを避けることは、できると思ったのです」

最後はきっぱりと、アリサは言い切った。アストリアスは妙に気圧されたような気持ちでそれを聞いた。アリサの気持ちがすべてわかったというわけではなかったが、彼女が、誰ひとり思いやるもののない境遇にひとりの子供が置かれると知ったとき、身を投

げだしてかばうことを選んだのはわかった。

　確かに子供は守られはするだろう。不足のないよう世話をされ、大切に扱われはするだろう。だが、愛されることはない。抱きあげられ、髪を撫でられ、いつくしまれることはない。ここでは子供は、権力の道具であり、国家という機関の付属物であり、大人たちの都合によって持ち上げられる物質でしかないからだ。

（ドリアン王子をゴーラの王に——）

　とつぜん昨晩の会話がよみがえり、アストリアスはぶるっと震えた。あの場にいた人間はひとりとして、ドリアン王子をいつくしんでなどいなかった。彼らにとって意味があるのは、アムネリス大公の血、そして、イシュトヴァーンの子という、その事実のみにすぎなかった。

　アリサはなにひとつ非難していない。にもかかわらず、思わぬ方向から告発を受けたような気分だった。王子の上に顔を伏せ、小さな手を握って遊ばせているアリサを見ながら、アストリアスは理由もわからず凝然としていた。

「アストリアス様もそうですわ」

　いきなり言われて、ぎくっとした。アリサは澄んだ明るい目でアストリアスを見上げていた。動揺をこらえてアストリアスはせきばらいをした。

「なにがです」

「アストリアス様はアムネリス大公殿下をお慕いしていらしたと伺いました」

ふたたび、息がつまった。今度ははっきりと。

押し黙ったアストリアスに気づいたふうもなく、アリサは王子の上に身をかたむけたまま慈愛にあふれる声でささやいた。

「お慕いしたお方のお子さまですもの。アストリアス様もきっと、殿下のことをいつくしんでいらっしゃるのだと、わたくし思いますわ。だからこそ他人にはまかせられずに、イシュトヴァーン・パレスから連れ出す役割を、お受けになったのでしょう。そうではございませんの」

アリサの明るい目がまっすぐ見つめている。

アストリアスは答える言葉を失った。

できるのはただ視線を下げ、あまりにもまばゆい瞳から逃げることだけだった。アリサは気にとめたようでもなく、王子が「あー」とあげた声に応えて、笑いながら髪を揺らして遊ばせている。

凍ったような時間が過ぎたが、そうと感じていたのはアストリアスのほうだけだったのだろう。しばらく王子を遊ばせていたアリサは、やがて、食事の支度ができたと呼ばれて、王子を抱いて一礼して去っていった。アストリアスは身のうちに氷の棒を呑み込んだような気分で、ひとりで焚き火のそばに座りつづけた。

いつくしんでいる。いつくしんでいる。

俺はあの子供をいつくしんでいる、……のだろうか。

イシュトヴァーン・パレスに踏み込んだときの情景が思いだされた。斬られた女官がくずおれるむこうで、あの子供はひたすら大きな目を見開き、じっとしていた。こぼれるほどに見開かれた目が、もうひとつの凝視にすりかわるのを、アストリアスはふたたび感じた。あの、いつわりの結婚式、まどわしに満ちた鮮血の儀式の場で、自分に向けられていた一対の瞳。脳裏に焼きついて離れない、あの緑の凝視を。

（お慕いしたお方のお子さまですもの）

（アストリアス様もきっと、殿下のことをいつくしんでいらっしゃるのだと、わたくし思いますわ）

（殿下のことをいつくしんでいらっしゃるのだと――）

戦慄のようなものが背筋を這い上がった。アストリアスはひろげた自分の両手を呆然と見つめた。

いつくしむ手が子供を家からさらったりするものだろうか。子供をさらい、権力の道具としてしかみない人間たちの手に渡したりするものだろうか。

（俺は――）

火が燃える。アストリアスは夜が更けるまでそのまま、食事もせずに、ほとんど身じろぎせずじっと焚き火のそばから動かなかった。

4

アストリアスはふと目をあけた。結局あのまま、焚き火がほとんど燃えつきるまで呆然としていたあと、馬のそばへもどってあわただしく糧食を使い、その場で毛布をかぶって眠りについたのだった。

交代で見張りは立っているはずだ。であるのになぜか、妙な気配がした。なにかどろりとした重い空気が、あたり一帯にたちこめている。身体が重い。まぶたがいまにも貼りつきそうで、ふたたび毛布にもぐって眠ってしまえと頭の中で誰かがうるさく命令していたが、戦士としての本能がそれにあらがった。アストリアスはのろのろと起き上がり、剣をとって、馬車の止められているほうに足を踏みだした。

馬車の中には、風にあてないようにドリアン王子がひとりで寝かされている。まわりには歩哨が立ち、厳重に警戒しているはずだ。なのに、胸騒ぎがする。ふらつきながら、アストリアスは足を速めて進んだ。

すぐに、異状が目についた。立っているはずの歩哨が、ことごとくぐったりと座りこむか、頭を落として動かない。自分も異常なまでの眠気とだるさに襲われつつも、手当たりしだいに「おい!」「おい、起きろ、どうした!」と声をかけて肩をゆすったが、不明瞭な声をあげて首を振るか、人形のようにゆすられているばかりで目覚めない。あたりで休んでいる兵士たちも、不気味なまでに静かだ。

頭を振って、のしかかるどろりとした脱力感を追い払いながら進む。馬車が見えてきた。そこで、ぎくっとして立ち止まった。馬車の扉が開き、巨大な人影が中に頭を突っ込んで、何事かをしようとしている。

「誰だ!」

精いっぱいの声を張りあげて、剣を抜いた。人影はびくっとしたようだった。すばやく身体を引き抜き、頭を上げてこちらを見る。夜目にも明るく光る金色の目をしていた。たてがみのように垂れ下がる長い髪は銀色で、筋肉の盛り上がった肩や胸にふさふさと垂れかかっている。

その両手に、籠の中で毛布に包まれたドリアン王子が抱かれているのを見て、アストリアスの視界がかっと燃え立った。

「痴れ者!」

叫んで、斬ってかかった。相手は巨体に見合わぬなめらかさで、王子を抱きかかえたままひらりとうしろに飛びすさった。さらに踏み込もうとして、アストリアスはよろよろと踏みとどまった。強烈なだるさと眠気がずしりと頭にのしかかってきて、その場に倒れそうになったのだ。剣を杖にしてあやうく踏みとどまり、閉じそうになる目をむりやりこじ開けて、相手をにらみ据える。

「待て、くせ者……ドリアン様を……どうするつもりだ……」

「ほ、これは。術のかかりの悪いものがいたかの」

どこかひょうげた声が聞こえて、どこからか、ひどく年老いた老人が姿を現した。頭ははげあがってしょぼしょぼと短い毛が残るばかり、深く落ちくぼんだ眼窩は穴のように黒く見えるが、その奥に、異様な力を感じさせる眼光が炯々と光っている。もとは白かったらしいローブをつけ、胸にはさまざまなもの――アストリアスには用途のわからないもの、骨や石、祈り紐、飾り玉などをずらりと下げている。

「ほかのものと同様に眠っておれば面倒もなかったものを、手間をかけさせてくれるわい。ほれ」

そのしわびた手がひらりと振られようとしたとき、幼い声が、「まって、じいちゃん」と割って入った。

「なんじゃい。わしはおぬしの言うことを聞いて、部隊じゅうを眠らせてやったのだぞ。この上まだなんの注文があるというのじゃい」

「わるいひとに、スーティ、いっとくの」

　老人のかげから、小さな人影がもうひとつ現れた。四歳か五歳ほどに見える幼児で、かたわらの巨体の男にしがみつくようにしながらこちらを見ている。

「わるいひと、スーティ、おとーとつれてくからね。もうわるいひとに、おとーと、いじめさせないから。スーティのおとーと、スーティがまもるの。わるいひと、スーティのおとーと、いじめる、だめ」

「スーティ。スーティだと。弟、といったか」

　アストリアスは息をのんだ。

「するとおまえはあの、ガウシュの村にいたイシュトヴァーンの落とし子か。弟、といったな。ドリアン様は弟か。なぜ、おまえがこんなところにいる。どうして、こんなところにいきなり現れたのだ」

『話す必要はありません、星の子』

　ぼうっと闇夜に黄金の光が現れ、燃えあがる炎の髪をした童女の姿になった。スーティという幼児によりそうように宙をただよいながら、

『時間をとっては危険です。ドリアン王子をつれて、すぐにこの場を去るべきです』

「待て。待て待て、待ってくれ」

　次々とあらわれる異形に、混乱しながらもアストリアスは声を張った。

「スーティ、スーティといったな。俺は以前、おまえとかかわったことがある、実際には顔を合わしておらんが確かにおまえを捕らえようとしたことがある。だが、グィン王との約定で、もはやおまえには手は出さん、出せんことになっている」

這いずるようにアストリアスは前に出た。

「どういう理由があるのかは知らないが、ドリアン様を連れていくのはやめてくれ。その方は、われわれの希望であり、光なのだ。その方を失えば、おおぜいの人間の望みが絶たれ、解放を待つたくさんの民人の救いが遠のくことになる。頼む、その方を返してくれ。頼む、この通りだ」

剣を投げだして、アストリアスは地面に頭を擦りつけた。

「そこにいる老人は魔道師か。そっちのでかい男はどこかあのグィンを思いださせる。そこにいる金色の娘に関しては俺の想像もつかん。おまえがなにか、とてつもない力を持っていることはわかる。だが、俺も、ドリアン様を奪われるのを黙って見過ごすわけにはいかん。戦士の本分として、また、誇りにかけてだ。

俺とてこの部隊に加わっているからには、ドリアン様を守ることこそがおのれの任務と感じている。なんでその方に悪いことなどするものか。俺は命をかけても王子を守るし、そのためにこそここにいるのだ。けっして悪いようにはせん、どうか、その方を返してくれ」

スーティは唇を突きだし、眉をしかめて今にも「ぶー」と言いたげな表情をしていたが、やがて、

「おいちゃんたち、おとーといじめる」とぶつぶつ言った。

「スーティみた。おんなのひと、きられてたおれてた。おとーとにわるいことする、だめ。スーティ、おとーとにわるいことする、ゆるさないよ」

「悪いことなどしない。われわれは、ドリアン様をお守りしているのだ」

ちりっと胸に痛みが走ったが、アストリアスはかまわず言った。

「ドリアン様はイシュトヴァーン・パレスで顧みるものもなく、女官に世話をされるばかりでほうっておかれていた。われわれは、そんなことはせぬ。今はこのように不自由をおかけしているが、正しい場所へ着いたならば、この方が受けるべき正しい待遇をお受けいただくつもりなのだ。だいたいおまえたちはドリアン様を連れていって、それでどこへ連れていくつもりなのだ」

「……かあさまのとこ」

ちょっと黙ってから、スーティはつぶやいた。

「かあさまのとこ。スカールのおいちゃんのとこ」

「それはどこなのだ。ちゃんと身を落ち着けられる場所なのか」

懸命にアストリアスは食いついた。

「おまえの母親のところへ連れていってもドリアン様は守られまい。スカール、というのは誰だ、まさか草原の黒太子でもなかろうが、いずれにせよ、いまだ歩けもせぬ幼子がきちんと守られる環境ではあるまい。ゴーラの軍も取り戻しに追ってくる。ドリアン様を守れるのは、われわれだけなのだ」

スーティは唇をかんで下を向いてしまった。なにかを懸命に考えているようだが、言葉にならないようだ。

『星の子、考える必要はありません。王子の身はわたしが守ります。ウーラも、闇の司祭もいます。このような者たちの手に、ゆだねる必要はありません』

宙をただよう黄金の炎の少女がせきたてるように言う。それでもスーティはしばらくじっと考えていたが、やがて、せっぱ詰まったように視線をあげて、

「おいちゃんたち、おとーとにわるいことしない？」

と切りつけるように尋ねた。

「なんでわれらがドリアン様に悪いことなどするものか」

必死にアストリアスは言った。

「われわれはただ、ドリアン様にモンゴール再興のための象徴となっていただきたいだけだ。それができるのはドリアン様だけ——しいたげられたモンゴールの民衆を救えるのは、ドリアン様だけなのだ。頼む、ドリアン様を連れ去らないでくれ。その方はわれ

らにとって希望なのだ」

「話しても無駄じゃぞ、ちびすけよ」

いらいらと老人が言った。

「こ奴らはドリアン王子を誘拐した輩、それでよいではないか。なんの話に耳をかたむける必要などあろうか。とっとと弟を連れてここを離れるのだ。ほかに、なんのすべきことがあろうぞ」

「……ほんとに、おいちゃんたち、おとーとにわるいことしないの？」

スーティはいった。老人がぶっというような音を立て、黄金の少女が、『星の子？』ととがめるような声をあげた。

「おとーとにわるいこと、しない？　ちゃんと、おとーとのこと、まもってくれるの？」

「守るとも。守る、わが名にかけて誓う」

アストリアスは身をそらし、胸に手を当てた。

「剣の誓いをしてもよい。俺は何があってもドリアン様をお守りするし、その身に悪いことが起きぬようにする。ほんとうだ。この方はモンゴールの希望だ。ドリアン様がモンゴールの民を救ってくださるのだ。ゴーラの桎梏からモンゴールを解き放ち、真の自由なモンゴールの主となってくださるのだ。俺はかならずドリアン様を守る」

アストリアスは剣を抜き、柄を前に向かって差し出した。相手が五歳ほどの幼児であることも気にはならなかった。目は、巨体の男の腕に抱かれて人形のように小さく見える、ドリアン王子にのみそそがれていた。

スーティはしばらく黙って身動きもしなかった。目の前に差し出されて、震えている剣の柄にじっと視線を落として、うつむいていたが、やがて思い切ったように、巨体の男の腕に手をかけて、ささやいた。

「わたしてあげて」

「こ、これ、ちびすけ！」

『星の子？』

「おとーと、まもってくれる？」

ひたむきな目で、スーティはアストリアスを見つめた。

「ほんとにほんとに、まもってくれる？　ぜったい？　ぜったいに？」

「もちろんだとも。必ず守る。絶対にだ」

力強くアストリアスは繰り返した。なおも少し躊躇（ちゅうちょ）するような様子を見せたが、それでもスーティは、そっと、巨体の男をうながすように手を押した。男はとまどったような顔をしていたが、しぶしぶといったようすで、前に出て、腕に抱いたドリアン王子をそっと地面に置いた。アストリアスは飛びつくようにして王子を抱きかかえた。

「ちゃんとまもるかどうか、スーティ、みてるよ」

男の腕にすがりつきながら、スーティはいった。

「おとーと、いじめられないか、わるいことないか、スーティみてるよ。ぜったい、ぜったいやくそく。やくそく、まもってね」

その言葉をのこして、子供の身体はふわりと浮いた。苦虫をかみつぶしたような顔の老人と、男と、金色の少女は、急速に浮かびあがり、夜空の中へと吸い込まれるように消えていった。

アストリアスはしばらく荒い息をつき、腕の中の王子を確かめて、どっとその場に崩れ落ちた。

「まったく、なんてことじゃい。なんてざまじゃい。わしがせっかく精出して、お膳立てをしてやったものを」

グラチウスはさかんに文句を並べていた。隊列を離れ、森を見下ろす夜の空を飛びながら、腹が立ってならぬというように足踏みをしてスーティを睨みつける。

「なんちゅうわがままながきじゃい、おぬしが、弟を助けるのだというから術もかけてやったしあれもこれもしてやったというのに、どたんばのところで手を離してしまうとはなんちゅうこっちゃい」

『ほんとうにいいのですか、星の子』

　琥珀も心配そうに声をかけた。

『彼らが何をいおうと、王子をパレスから不当に誘拐した一味だということは変わらないのですよ。あのようなものの手に預けておくのは、危険なのではありませんか。ほんの一名のものの言葉にのって、王子を返してしまうのは、早計ではありませんか』

「……スーティ、かあさまない」

『星の子？』

　スーティはウーラの首にしっかりとしがみついたまま、どこかさびしげな表情でじっと暗い地上を見下ろしていた。

「スーティ、いま、かあさまない。かあさまいない。スカールのおいちゃんも、いない。おとーとつれてっても、まもれない」

　ひとことひとことと、刻みこむようにスーティはいった。ふっくらしたほおが怒ったようにふくらみ、スーティは乱暴に目をこすった。

「あのおいちゃん、おとーとまもる、いった。スーティ、みてる。ちゃんとおとーとまもってるか、みてる。まもってなかったら、そのとき、おとーとたすける。スーティみてる。やくそくまもるか。おとーと、あぶないいないか」

「ふん、勝手な話じゃい。いいか、わしゃ、協力せんからな。勝手にするがいいわい。

わしがせっかく働いてやったというのに、まったく、がきの気まぐれにふりまわされておわったとは、まったく……」

グラチウスは口をとがらせてぶつぶつと文句をいい、空中を飛びながらしきりと腕を振りまわした。ウーラはスーティの身体に手を回し、低く唸って、髪に鼻をこすりつけた。スーティはウーラに抱かれて飛びながら、いつまでも、弟のいる暗い木立のほうに、視線を投げていた。

アストリアスは結局、まんじりともしなかった。ドリアン王子を馬車の中へもどして寝かせ、自分の馬のそばへもどったが、今度は気がたかぶって眠るどころではなかった。あの魔道師らしき老人が去ると同時に、宿営地にただよっていた妙な重い空気は去っていた。術をかけられていたのだろう、そこここで、眠りに落ちていた当直や歩哨が目を覚まし、ぎょっとしたようにあたりを見回していた。しばらく、ざわついた空気がただよっていたが、あたりを巡回し、異常がないことが確かめられると、ひとまずまたあたりは静かになった。

（スーティ。あの子供）

ガウシュの村で発見し、手に入れようとしたことのある子供。あの時はまだ、母親がいっしょだった。その子供が、いったいどういう理由で、なんの事情があって、あのような奇妙な――魔道師らしき老人、巨体の銀髪の男、空中から現れる炎の髪の少女――連れとともに、このようなところに現れたのか。

いや、それより、弟を助けに来た、とはどういうことか。ドリアン王子をイシュトヴァーン・パレスから連れ出したことか。しかし、そのことを、いったいどうやってあんな子供が知ったのか。王宮の奥で起こった出来事を、その場にもいなかった、ゴーラの国内にいたとも思えない子供が、いったいどうして。

いくら考えても答えは出なかった。そのうちに思考は、自分がドリアン王子を守ると言ったことにうつっていった。

ドリアン王子はモンゴールの希望。モンゴールの民を救い、ゴーラの桎梏からモンゴールを解放して真の自由を取り戻す。

確かにその通りだ。自分たちはそのために、危険をおかしてパレスから王子を誘拐したのである。

しかし、王子を守る、といった自分の言葉に対して、アストリアスは不安に似た気持ちを抱いた。

肉体的な危機からはむろん、絶対に守る。その覚悟はある。

しかし、王子をかかげてモンゴールの自由を勝ち取る、さらには、イシュトヴァーンに対抗するゴーラ王として祭り上げ、分裂を誘うという企みを耳にしたあとでは、王子を守る、という言葉は、どこかむなしく響いた。

肉体的な危機から守ることだけが守るということだろうか。モンゴールの自由の旗印として持ち上げ、さらには、何も知らぬ幼児をゴーラ王という座につけようとすることは、守るという言葉に値するのだろうか。

（アストリアス様もきっと、殿下のことをいつくしんでいらっしゃる――）

アリサ・フェルドリックは、いつくしむ手のないところに連れてゆかれる幼児を哀れんでこの企みに加わった。彼女は、アストリアスもドリアンをいつくしんでいるという。本当だろうか。いつくしんでいるものが、子供を国と国とのあいだの陰謀に使おうとしたりするだろうか。

陰謀の中に放り出すことは、あの子供のいう「わるいこと」に相当しないだろうか。守ること、とは、肉体的な害からだけではなく、そのような陰謀に利用されないこと、心ない手によって王座に押し上げられたりせぬように、してやることではないのか。

考えれば考えるほど、思考は迷宮の中へと入っていく。熱を持ったようにあつい額の奥に、またくっきりと、王子のまつげの濃い瞳が浮かびあがった。それはその母の、かっと見開かれた緑の双眸にすりかわった。遠い日、パロのサリア神殿で、短剣を振り上げたときにこちらを見たあの驚愕と恐怖に満ちた目。

眠れぬままにアストリアスは夜空を見上げた。見ている、と言った子供の姿は、木々の枝と、葉と、星空とのあいだに溶けて、見えなかった。

第二話　恩讐の渦

1

　大地が鳴動した。轟音があぶくのように地の底から吹き上がってきて、上にいるものをみんな空中にほうり上げた。右往左往していたヤガの人々はてんでに転んだりぶつかり合ったりし、たがいにつかまりあって大声を上げた。すでにかたむいていた家や建物がさらに傾き、崩れ落ちて、がれきが音を立てて降ってきた。

「危ない！」

「下敷きになるぞ、建物から離れろ！」

ズズズズ、という腹にこたえる響きが連続してわきあがってきて、かしいでいた壁がたえきれなくなったように崩れた。逃げ遅れた何人かが下敷きになり、わっと悲鳴が上がった。もうもうと砂埃が立ち、あたりが灰色にけむった。

「いったい何事だ」必死に足もとをさだめながらスカールは言った。

「地震か、それとも、また魔道師どもの誰かが何かやっているのか」

「光は先ほどからもう見えなくなっているが……」

ブランも身体を立てているのがやっとだった。剣を杖にしてようやく身を支え、上を振り仰ぐ。大神殿を貫いて高々とそびえた巨樹は、揺れ動く大地にゆさぶられながらもなおしっかり立っている。そのてっぺんにいるはずのババヤガの姿はここからは見えない。つい今しがたまではその周辺に、魔道師たちの放つ力のきらめきや閃光がひっきりなしに走っていたが、それももう鎮まったとみえて空はただ黒い。ババヤガが力を暴走させ、樹木や植物を生え出させたときも地面は揺れ動いたが、これほど猛烈なものではなかった。

耳を聾(ろう)するようなズンという音が轟いた。支え合って立つスカールとブランの目の前で、大神殿の半分がずるりと傾いた。

「神殿が……！」

地面が内側へ吸い込まれるように陥没してゆき、そこに、吸い込まれるように大神殿の一部が没していく。漏斗状にくぼんだ大地が傾斜するにつれて大神殿が、ばきばき、みしみしと音を立てながら傾いていき、潰れて崩れ落ちていく。まだ中にいたらしい人の悲鳴がかすかに聞こえてきた。

はじけた木材と金属の残りが宙に舞った。口をあいて見守るスカールとブランの前で、大神殿のなかばはあっという間に地面に没し去り、半壊した大聖堂の残骸と潰れた階と通廊の名残が残るばかりとなった。ババヤガの生え出させた樹木にむしろ支えられているような形で、かしいだ壁の床がかろうじて地面にしがみついている。人々は泣き叫びながら逃げ惑い、押し合いへし合いして安全な場所を探した。

その大きな鳴動を最後に、しだいに動揺は鎮まってきた。低いうなり声のような残響はまだ轟いているが、地面の揺れはなくなり、降ってくるがれきも少なくなった。スカールとブランは用心しながら人をかき分け、陥没した大神殿の近くへ行ってみた。

惨憺たる眺めだった。偉容を誇った屋根は砕けて、引き裂かれた銅板と瓦があたりに散乱している。へし折れた柱や梁や床板が半分埋もれて積み重なり、助けを求める弱々しい声があちこちからしている。どちらからともなくスカールとブランは目くばせをし、滑りやすい足もとに気をつけながら、声のするほうに手を伸ばした。

「おい、大丈夫か。声を出せ、どこにいる」

「無事か。よし、手を伸ばせ、もう少しだ」

梁や柱の間に挟まって呻いているものを引っぱり出してやる。後方で恐る恐る見ていたものたちも、この様子を見て少しずつ集まってきて、救出に手を貸しはじめた。地面に埋もれて、もはやぴくりともしない姿もある。いつまた鳴動が起こるかもしれないという恐怖が心を刺すが、黙って放置することもできない。

「助けて……」

「痛い……助けてくれ……死にそうだ」

「気をしっかり持て。いま掘り出してやる。もう少しの辛抱だ」

　スカールは周囲を見回し、数人の男たちを呼び集めて、折れ残った木材をてこに、太い梁の下敷きになった男の救出にかかった。力を合わせててこを押し下げるうちに、絡みあった梁がばりばりと崩れて男はなんとか無事に引き出された。

　ブランは土に埋もれてしまったものの救出に躍起になっていた。身体の大部分が土砂に呑み込まれてしまい、ほとんど声も出せないでいる女に力強く声をかけながら、これも数人の協力者といっしょにけんめいに土を取り除く。ざらざらと崩れてくる土に汗をかきながら、ぐったりした女をどうにか掘り出すころには全身が汗みずくになっていた。

　ミロク教徒たちは他人を救うことを教義のひとつにしている。スカールとブランが励むうちに、救助者はどんどん増えて、崩れ落ちたくぼ地は動き回る人の姿でいっぱいになっていた。疲れ果てたスカールがよろめきながら窪地のふちに上がり、ついでブランが、足を引きずるようにして合流したころには、呼び交わしながら救助活動に没頭するヤガの人々がおおぜい行き来し、運び出された負傷者が臨時の担架や板の上にのせられて、次々と運び出されるところだった。

「やれ、えらいことになったものだの」

後ろからそんな声が聞こえて、スカールはぎょっとしてふりかえった。白髪白髯、鶴のごとき痩身の老人が、白衣の袖をたらして佇(たたず)んでいた。

「老師。イェライシャ」

ブランが言った。

「さっきの大地震はなんだったのだ？　見ての通り、大神殿が崩壊してかなりの人間が巻き込まれた」

「カン・レイゼンモンロンの悪あがきよ」

イェライシャの顔が暗くなった。

「きゃつ、この大神殿の地下にあった装置を暴走させて、このあたり一帯を完全に吹き飛ばそうとたくらんだのだわ。わしが間一髪気づいて、エネルギーを封じ込めたが、封じ切れなんだエネルギーが漏れてこの始末となったようだの。もう少し準備をする時間があれば完全な封じ込めもできたのであろうが、急場のことで、なんとか地上が吹き飛ぶのを阻止することしかできなんだ」

「カン・レイゼンモンロンが」

スカールは神殿前の広場であった場所を見た。そこには、カン・レイゼンモンロンであった怪物の死骸が、うすい煙を上げながら放置されていた。それはしだいに溶け崩れ、形をなくして、一山の異臭を放つ泥のかたまりのようなものに変じていくところだった。

「最後まではた迷惑なやつだ。手に入らぬのなら壊してしまえとでもいうつもりか」

光の球がつうと降りてきて、中からヨナとフロリー、イグ＝ソッグ、鴉姿のザザを吐き出した。上空で見てはいたのだろうが、あらためて目の前にする惨状にフロリーは息を呑み、ヨナも、青ざめた顔をさらに青白くした。

「これで、終わったと思ってよいのだろうか」

スカールは疑念を口にした。

「カン・レイゼンモンロンは始末した。竜王の手先が、いまだこのヤガにひそんでいるという可能性は、もうないのだろうか。邪教の影は、完全にヤガからとりはらわれたと思ってよいのだろうか」

「さあ、まだ、しばらくは安心せぬがよかろうな」

イェライシャはいい、煙を上げる街と、崩れ落ちた大神殿をちらと見返った。

「カン・レイゼンモンロンが失せたとしても、まだ催眠にかかっているものは多くいるであろうし、催眠にかかってはおらぬでも金ずくや、欲ずくで〈新しきミロク〉にかかわっておった人間も当然おるであろう。そういったものたちを追い払い、ヤガをふたたびもとの、清貧と祈りの都にもどすには、かなりの時間と手間がかかろう。あれだけ深く食いこんでおった〈新しきミロク〉だ。追い払うことは容易ではあるまい」

「洗脳された人々は、もとにもどるのでしょうか」

　ヨナが心配そうな声をあげた。

「やってみぬことにはわからぬな。カン・レイゼンモンロンが死んだときに何人か、支配から逃れたものもいるようだが、すべてのものがそうなったとは思わぬほうがよいであろう。洗脳の深さ、程度によって、元に戻るものも、戻らぬものもいるであろう」

　ヨナは両手をぎゅっと握り、唇をかんで下を向いた。

　フロリーはすすり泣いており、鴉姿のザザが、その肩にとまってしきりに慰めていた。

　イグ＝ソッグがぱちぱちと火花を散らしながら飛んできて、イェライシャの前に浮遊し、最敬礼にあたるらしき明滅の仕方をして、

『何か、ご命令はございますでしょうか、老師』

「ないよ。今のところはな」

　イェライシャはゆっくりと首を振り、繰り広げられている救出活動を沈鬱な目で眺めた。

「もう少し早く、カン・レイゼンモンロンの意図に気づいておればの。……まあ、すぎたことを悔やむまい。今は傷ついたものを助け、残っておるやもしれぬ邪教のやからに対して備えるのみよ」

　十日ほどがあっというまにすぎた。

地震と大神殿の崩落、とつぜん生え出た樹木と植物でてんやわんやになっていたヤガだったが、それでも少しずつ落ち着きを取り戻してきた。食糧の配給所ができ、宿や家をなくした人々に食事がふるまわれた。崩落した大神殿に巻き込まれたものや、その他のけが人は救護所に集められて手当をうけた。いったん動き出すと、ヤガの人々は勤勉だった。もともと他人のために働くことを是とし、助け合いと博愛の精神に生きるミロク教の人々である。少ない中からも食糧や薬が持ち寄られ、手伝いを申し出る人々はひきもきらなかった。

スカールたちは妙な立場にあった。果たすべき目的としては、ヨナとフロリーを救い出し、ヤガにかかっていた影の正体を見きわめた時点で、もはやここには用はないはずである。しかし、だからといってすぐにヤガを発つこともできかねた。まだ竜王の手先が残っているかもしれぬ可能性もあり、いったんかかわってしまった以上、こちらの用が済んだからといってはいさようならというわけにもいかない。

アニルッダは人々に押し上げられて、先導者のような位置に立たされていた。彼が毎朝毎晩、大神殿であった場所に立って祈りを唱えると、それに追随する人々が集まってきた。はじめは五十名ほどにすぎなかったが、日ごとに増えて、やがて数百名が神殿前の広場であった場所を埋めるようになった。それにとどまらず、日々祈りをあげる若き聖者の噂はしだいにヤガ市内に広まってゆき、アニルッダ尊者の名は、それまで彼を知らなかった人々の口の端にもしだいにのぼるようになっていった。

「人は間違いをなすものです」人々の前に立ってアニルッダは告げた。「しかしその間違いでさえも、ミロク様はお許しくださいます。ミロク様は自らの胸にあって、すべてを見、すべてを聞いておられます。悩み多きわれらの心を、何よりも知ってくださっているのがミロク様です。一心に祈り、感謝しましょう。われらが生きてあるのはミロク様あってこそです。それぞれのなかにおわしますミロク様に手を合わせ、隣人の中におわしますミロク様に拝跪(はいき)いたしましょう」

小さいティンシャは侍者の衣を着て、真面目くさった顔でじっとアニルッダの横に立っている。

ヤモイ・シンとソラ・ウィンの二人は、嫌がりながらもヤガの再興のために動く羽目になっていた。二人がなすべきとしていたヤロールへの説諭は、彼が、カン・レイゼンモンロンによって片方の腕を失ったあと、すっかり錯乱状態になってもとにもどらずにいることによって、果たされないままだった。

「まったく、えらい詐欺にあった」

ブランのもとを訪れた二人は口々に恨み言を言った。今はどちらもぼろぼろの僧衣ではなく、ヤモイ・シンは臙脂(えんじ)の衣に黒と青の帯を締め、ソラ・ウィンは紺の衣に黄の帯を締めて、どちらも上からミロク教徒の黒いマントを掛けていた。少しばかり肉もついてきて、猿の木乃伊めいたところや、干した林檎のようなところは少なくなり、ほおや手足にもいささかの水気がもどりつつあった。

「おぬしがわしのもとへ来てうるさくしなければ、わしは今ごろあの地下で心静かに祈り続けておったのだ。おぬしのせいで、地上のこうるさいあれやこれやとまたかかわりをもたねばならなくなった」

「俺がおらねば、あの大鳴動でなにもわからぬまま地中に没していたかもしれんのだぞ」

ブランは文句をいった。

「それを考えれば命の恩人といってくれてもよさそうなものだ。あれだけさんざん人を振りまわしておいて、今さら何を言う」

「振りまわすとはどういうことかの。わしらを心静かな祈りの座から引っぱり出したのはおぬしであろうに」

「えい、やかましい。いちいち迷惑をかけられたのはこの俺だ。地上に出たからには、せいぜいみなの役に立ってヤガをもとの姿に戻せ」

懸案であった竜王の残党の件は、日がたつにつれてしだいに落ちついてきた。〈ミロクの兄弟姉妹の家〉を運営していた人間は、カン・レイゼンモンロンの死後、とつぜん姿を消したり、あるいは、憑き物が落ちたように人が変わって、それまで泊めていた人々を解放したりした。

以前、スカールとヨナをとらえようとしたイオ・ハイオンのように完全に人外であったものがいたとすればどうなったのかはわからないが、おそらく、指令を出すものがいなくなって崩壊したか何かだと思われた。わけもわからずずっと〈兄弟姉妹の家〉にとじこめられていた人々は解放を喜び、それぞれに、くにへ帰る準備をしたり、または、あらためてヤガ巡礼の準備をしたりし始めた。

金でやとわれて〈ミロクの騎士〉になっていた傭兵たちは、あの大騒ぎのあいだにほとんどが逃げ出していた。大神殿が崩壊したことで、賃金も支払われないと見切りをつけた残りの少数もさっさと逃亡していたので、もはや実質的な力のある〈騎士〉はほとんど残っていなかった。ミロク教徒の人間を訓練した〈騎士〉も少数は残っていたが、彼らは怪物の出現とその後に続いた大鳴動、神殿の崩壊ですっかりおじけづき、抵抗する気をなくしていた。

洗脳されていた人々は日々増えてきていた。その洗脳の度合いにつれて、しだいにさめてもとの人格を取り戻すもの、さめないまま亡霊のように歩き回るもの、とさまざまだったが、心神を喪失したものに対してもヤガのミロク教徒たちはやさしかった。傷ついたものたちと同じように救護所をもうけ、精神を傷つけられたものに対しても手厚い保護を加えた。

ヨナはラブ・サン老人と令嬢マリエをさがしに日々救護所に通ったが、二人の姿をついに見つけることはできなかった。かれらがどうなったのか、洗脳がついに解けないまま廃人となったのか、それとも洗脳からさめてクリスタルへと帰途についたのかはわからぬままであった。以前、洗脳された老人とマリエに出会ったときの記憶からすると、二人は強烈な洗脳からさめないままついに廃人となり果てた可能性が濃厚だったが、ヨナはその思いを振り払うように一日あちこちの救護所を探し歩いた。それが、一度は憎からぬ思いを抱いた相手とその父にとっての、礼儀のように思えたからだった。

半月ほどたつと、動揺していた人心もだんだんと落ちついてきた。街中に槌音が響き、鳴動で崩れた家や建物が建て直されはじめた。姿を消していた屋台や小屋がけの店もちらほらと現れだして、火の消えたようだったヤガの街に、少しずつ、人間の住んでいる都市の活気が戻りはじめた。

しかし、それらは以前のようにどこかキタイを思わせる、はでな、商業主義に走ったものでなく、ごくつつましい、従来のミロクの教えに立ち返ったような、ささやかな日常雑貨や食べ物、花、線香などをならべたものだった。商品を並べるにも目を引くようにどっと並べるのではなく、ひかえめに、むしろの上に一列二列ならべる程度で、〈新しきミロク〉が大神殿とともに崩壊し去ったいま、清貧、簡潔、というミロクの教えに、より近く寄り添っていこうという決意のあらわれのように思われた。

「そろそろ、私はクリスタルに帰ろうと思います」

ある日、ヨナがついにこう切り出した。

「ヤガに来た目的は果たしました。思わぬ陰謀に巻き込まれてしまいましたが、ヤガで何が起こっているかを確かめることはこれでできました。私には、クリスタルでせねばならぬ仕事が待っています。皆様には、非常にお世話になりまして感謝の言葉もありませんが、私は、私のいるべき場所に戻らねばなりません」

「ふむ、それは、そうだろう」

スカールはうなずいた。

「ヨナ、おまえはここで実にひどい目にあったことだし、くにに帰りたいというその気持ちは当然だ。しかし、どうやって帰るつもりだ？　また陸路を、えっちらおっちら帰るつもりか。隊商か巡礼団に入って帰るならまだしも、今のヤガからは隊商も出まいし、巡礼団に同行するといっても首尾よくクリスタルまで入れてくれる巡礼団が都合よくあるかな」

「なんとかなります」

けなげにヨナは笑った。

「来るときも、ミロクのお助けでなんとかなりました。帰りもきっと、ミロクのお助けがあるでしょう」

「そうは言っても、来るときでさえ俺がたまたま行き会わさなければ、おまえは死ぬところだったのだぞ。現に、おまえと同行していた巡礼団は全滅したのだし」

ヨナはうつむいた。ヤガへ来るとき、いっしょだった巡礼団が草原の民の盗賊に襲われ、皆殺しにあった憂き目を思いだしているらしかった。

「せめて途中までなりと送ってやればよいのだが――そうだ。フロリー、おまえはどうするつもりなのだ。スーティを取り戻したら、どこへ行く」

「あ、それは」とブランが口をはさみかけて、にがい顔をして黙った。ブランとしては当然、カメロンのいるゴーラにフロリー母子を連れて戻りたいのだが、そのことについては、フロリーがはっきりと拒否していた。ゴーラの宮廷でスーティを育てるつもりはないと、これ以上ないほどにきっぱりと言い切ったのだ。

「あの、わたしは――」

フロリーは口ごもった。もともと、ヤガでスーティと二人、静かに暮らそうとしていた彼女である。どこへ行こう、などというあてもなく、むしろ、ただ構わずに放っておいてほしいというのが本音であろう彼女にとって、どうするつもりだ、などときかれても、答えようがないのが道理だった。

「わたしは――スーティさえ取り戻せれば、ほかに何も思うことはございません。あの」フロリーの声が必死になった。

「スーティは、どこにいるのでございましょうか。大切にかくまわれている、というお話はきいておりますが、やはり実際手元におりませんと、さびしくて仕方がありません。スーティに、会わせてはくださいませんでしょうか」

「おお、それは」

スカールはちょっと首をすくめた。聖堂の崩壊から半月、竜王の残党の狩り出しや洗脳された人々の連れ出し、市内の整備、人々の救護など、さまざまな用事に振りまわされて、おとなしいフロリーのことはついつい後手後手にまわっていたのだ。

「もちろん、それはそうだ。――ザザ、スーティを母御のところにかえしてやらねばならん。例の、隠し場所のところへ連れていってもらえるか」

「そりゃね。けど、それには、赤い街道かそれに準じる、黄昏の国へ入れる入り口の場所まで行かなくちゃならないけど」

人間の姿で腰掛けていたザザは気の毒そうに言った。

「前に言ったと思うけど、出るときはかなり勝手でも、入るときは入るべき場所ってのがあって、そこじゃないとうまく入れないんだよ。妖魔ならともかく、普通の人間を連れてじゃ特にね。すぐに行けるもんならとっくの昔に会わせてあげてるんだけど」

「でしたら、その入り口という場所に連れていってくださいませ」

スカートを揉みしぼってフロリーは強く言った。

「わたしにとって、スーティほど大事なものはないのでございます。スーティがいて、あの子が安全でさえあればわたしは、この世のどこにいても心安らかに楽しく過ごせます。お願いです。あの子に会わせてくださいませ」

「そうだな。――われらも、そろそろヤガを発ったほうがよい、か」

　スカールは座を見回し、ブランと目を合わせてうなずいた。

「これ以上ここにいても、われわれにとってはあまり意味がない。なすべきことはもうやりつくしただろう。ヤモイ・シン、ソラ・ウィンのお二人に挨拶だけして、ヤガを離れるのがよかろう。ヨナを途中まで送っていってやってもよい。どのみち、俺も行く先のない身だ。そのまま、クリスタルまで同道してやってもよかろうさ」

2

ヤモイ・シンとソラ・ウィンはスカールたちがヤガを離れると聞いてもさして驚きはしなかった。

「まあ、多少の世話にはなったかの」とヤモイ・シンはあごを撫でた。

「ともあれ、ミロクのご加護をな、スカール殿、それに、猪武者殿。せいぜい思慮というものがおぬしの頭にも宿るよう願うておるが、しょせん、無駄かもしれんの」

「ご挨拶、痛み入る。ヤガの復興を、俺もお祈りしている」

なんだとこのくそ坊主め、とむかっ腹を立てるブランをおさえて、スカールは言った。

「〈新しきミロク〉がまだどこかに潜伏している可能性はあるが、もはや以前ほどおおっぴらな活動はできなかろう。カン・レイゼンモンロンが死んだことで、竜王は当面の手先を失ったとみてよいと思われるが」

「さて、どうであろうの」とヤモイ・シンはまたあごを撫で、

「わが心なるミロクを忘れたものに、迷妄の魔手はいくらでも襲い来る。超越大師とか

いう虚妄に踏み迷い、足を取られたあの哀れなヤロールのようなものよ。われこそが選ばれた、われこそは神の子なりという思い上がりが邪悪を呼ぶ。竜王などというものがおらずとも、世に暗黒の種は尽きぬのかもしれぬ」

「あのアニルッダという若者がなかなかよく働いているようではある」

それまで黙っていたソラ・ウィンが口をきいた。

「迷いがちな民人を先導してミロクの祈りにつかせ、日々内なるミロクに対するようにと語りかけておるとか。……一人の人間に心酔するようになればそれはまたあやういであろうが、あの若者はそれをきびしくいましめ、祈りにのみ心を向けるよう民を説いておるらしい。目が見えぬというのは、真理への目をひらくのかもしれぬの。あの若者が祈りを先導してくれるおかげで、わしらの役が減ってよい」

「アニルッダか」

唐草模様の入墨を刻まれた山の民の若者の、細いおもてをスカールは思い浮かべた。

「ともあれ、竜王の影響がなくなれば、ひとまず安心というものだ」

「それはそうであろうがな。して、おぬしら、これからどうする」

「まずこのフロリーの息子を連れにゆき、それから、ゆるゆるとクリスタルのほうへ、人を送っていこうかと思っているところだ」

後ろで小さくなって控えているフロリーを見返って、スカールは言った。

「思わぬ事情で長いあいだ引き離されることになった母子だ。今後はぜひとも一緒にいられるようにしてやりたいと思っている」

「まあ、それがいちばんであろうな」とソラ・ウィンが手を振り、

「娘御よ、そなたとそなたの子に幸のあらんことを。ミロクはもっとも小さきものにこそ最大の恩恵を下される。そなたとそなたの子に平安の下されることを祈るぞ」

「あ――ありがとうございます、ソラ・ウィン様」

「俺には猪武者で、フロリー殿には平安を、か」

ぶつぶつ言うブランに、スカールは笑って、

「まあ、腐るな。ご老人がた、あれでなかなかおぬしを気に入っているのだと思うぞ。……では、われらはこれにて、お二方。どうかこのまま、ヤガがなにごともなく以前の姿を取り戻すようにな」

二人の僧のもとを辞去し、外に出ると、表では何人もの人足が息を合わせて、切り倒した巨大な樹木を担いでいくところだった。目を上げれば、大神殿をつらぬいて生えた巨樹はまだ健在で、こずえを陽光にきらめかせ、堂々とヤガの街を睥睨（へいげい）している。

「ババヤガはどこへ行ったのだろうな」とスカールは呟いた。

「あれから姿を消してしまったが。……イェライシャ老師もどこかへ行ってしまった。どうも魔道師というものは、いまひとつ何を考えているのかわからん」

一同は、どうもそれがないとこの都市の中ではひどく目立つような気がするミロク教徒のマントを深くかむって、市門への道を歩いていった。以前は検問所があって、出入りするものはきびしく在所や目的、行き先などをとがめられたものだが、今は建物の中にも人影はなく、がらんとしている。

特にとめられることもなく門を出て、ゆるい坂をのぼり、「涙の泉」と呼ばれる噴水と休み場のあるあたりで、ふと足を止めて振り返る。

見下ろすヤガは、来たときとはすっかりさまがわりしていた。石畳の大路が縦横に走り、二つの川のあいだにいくつもの四角い石造りの建物が林立し、遠くに大神殿のモザイク模様のドーム屋根と尖塔の群れをのぞむことのできたヤガは、今は、石畳がめくれ上がり、四角い建物の影は見る影もなく崩れて、そこここに、濃い緑の葉叢(はむら)が茂っているさまに変わり果てていた。大神殿のあった位置には広大な地滑りあとが建物の半分を削り取り、ドームを貫いた巨大な樹木がよじれた姿を見せ、四方八方にのばした枝に、さらさらと葉をゆらしている。

ヨナは思わずため息をついた。来たときにも、思い描いていたヤガの質素さではなく、考えていたよりずっと巨大で豪奢な聖都の姿に、なにか困惑と、驚愕と不安、不信とをよびさまされたものだった。

結局それは予感にとどまらず、〈新しきミロク〉なる邪教が古きミロクを蚕食(さんしょく)して広がろうとしていたのであったが、もしあのまま、〈新しきミロク〉が宗徒たちを狂信者にかえていたら、もし自分が洗脳されてパロに送り込まれていたら、もしスカールやブランがおらず、竜王の野望が阻まれることがなかったらと考えると、そのおそろしさに身もすくむ思いだった。

ヤガ入りする巡礼たちの列は続いているが、入ってきたときのように長々としたものではなくなっている。異変の噂が手前の宿場まで広がり、どうすべきかわからなくなって止まるか引き返すかするものが増えているのだろう。

それに引き換え、ヤガから出ていくほうの列は多い。だがこちらも、以前のように、荷車に野菜や芋や雑貨類を積んだ商人や農民などではなく、家財道具を積んだ町人がずっと目立つようになっている。聖都の荒廃に打ちひしがれ、ほかの場所に安住の地を求めるか、それとも、せめてもう少し市内が落ち着きを取り戻すまで、近場の町にでも身を寄せるかするのだろう。黒いマントを深く引きかぶった巡礼団も歩いている。かれらの重い足取りはどこか追い立てられるもののようだった。

彼らはのぞんでヤガを出ていくのか、それとも、居られなくなって出て行かざるを得なくなったのかヨナはいぶかしんだ。〈新しきミロク〉に帰依していたものと、旧来のミロク信仰をまだ守っていたものとのあいだに、微妙な軋轢が生まれていたのはヨナも感じていた。そうしたいさかいを望まないミロク教徒たちではあったが、身内や友人が奇怪な教えによって洗脳され、あるいは、廃人状態に陥っているときに、その大元となる教えを奉じていたものに同じ態度をとり続けることは難しかろう。

（ミロクよ、これもまた、あなたのおぼしめしなのですか――）

自分を熱心なミロク教徒だとはヨナは思っていない。もともと、教義というよりはその質素な道徳律に対して共感を覚えていたのだし、神聖パロ内乱の時に参謀として立って以来、ミロクの教えに反する行いはたびたびしてきた。

それでも、聖なる都として思い描いてきたヤガがこのような状態で破壊されること、いずれ復興するであろうとはいえ、人々がこそこそと背中を曲げて去って行かなければならないような場所になることには胸が痛んだ。

（僕は自分が思っていたよりも、ヤガという場所に思いを寄せていたのだな……）

かたわらで風に乱れる髪をかき上げながらまぶしげに目を細めているフロリーを見やる。彼女もまた、胸に下げたミロク十字の飾りを指先で触れながら、何か小さく呟いているところだった。何を言っているのかは聞こえないが、おそらく、ミロクに捧げる祈りか何かだろう。そばにいない息子の無事を祈っているのか、それとも、あとにしようとしている聖都に対して別れの祈りを捧げているのか。ヨナもまた視線をあげて破壊されたヤガを眺め、胸の中で、ミロクへの祈りをささげた。

「行くか。ヨナ。フロリー」スカールが呼びかけた。

「はい」と返事して行きかけたとき、

「これ。——スカール。ブランよ」

背中から呼び止められた。

振り返るとそこに、白い髭をたらしたイェライシャが、肩のあたりにイグ＝ソッグの蛍火をとめ、微笑しながら立っていた。

「これは、老師」

いくぶんおどろきながらスカールが言った。

「ヤガを出るのだの。どうやら、目的は果たしたと見える」

「うむ。……目的、というより、降りかかる火の粉を払いのけたばかりというほうが近いだろうが、もうここにいてもさしてやることはないと考えたので、出てまいった。老師はここにて、われらを見送ってくださるお考えか」

「それもあるが、ちと、おぬしらに挨拶のしたいものを連れてきておるでな」

イェライシャが一歩どくと、むくっと地面が盛り上がった。

スカールたちはぎょっとして後ずさったが、盛り上がりはむくむくと大きくなり、緑色になりわさわさと葉が生え、苔が生え、茸が生えて、ノスフェラスの異形の魔道師バヤガの姿になった。小枝のような手に白い木の枝のままのような杖をつき、黒目ばかりの深甚なまなざしで、じっとこちらをのぞき込む。

「ババヤガ」

ブランが言って、一歩前に出た。

「おい、このようなところに姿を見せて、大丈夫なのか。騒ぎにはならぬか、人の目があるぞ」

あわてて周囲を見回すが、通りすぎていく人々はこちらを一顧だにしない。こちらに向かって歩いてくるものは見えない手に押されているように左右に分かれ、一行を避けてするすると通っていく。

『気にするな。わしとていたずらに人に騒がれるのは好かぬ』

笑いを含んだババヤガの声がした。木の裂け目のような口が、にんまりと笑いの形を作る。

『ちゃんと他人には見えぬよう、めくらましの術をかけておるわい。……ブランよ、そなたには、世話をかけたの。そなたがおらねば、イェライシャの助けもなく、わしは狂気に囚われたままあの犬どもめに追い使われておったであろう。あらためて、礼を言うぞ、ブランよ』

「そ、そうか……」

ブランはあわてて、上を見たり下を見たりし、もじもじした。老僧たちのように猪武者とからかわれたりするより、こうして、真正面から礼を言われるほうが照れくさいものらしい。

『そなたには、ババヤガの名において大地の守護をかけてある。なにかあれば、それが身を守ってくれるであろう。持っていくがよい。せめてものババヤガの礼として、いつかノスフェラスにそなたが尋ねてくることあらば、わしの名を荒野に向かって叫ぶがよい。必ず駆けつけるであろう』

「そ、それは、ありがたいな」

『そちらの草原の鷹、そなたも』

ババヤガは視線をスカールに移して続けた。

『そなたはノスフェラスにその名を刻んだ身、……そなたのことはわしはよう知っておる。いつかそなたがその身にかかえた秘密を明かすときが来たならば、その時にこそ、おそらくわがノスフェラスは新たなる段階を迎えるのであろう』

「秘密」

スカールは思わず身構えた。

「おまえは俺の秘密を知っているというのか、ババヤガ」

『わしはノスフェラスと一心同体、ノスフェラスの秘密はわが秘密』

かさかさと木の葉のすれるような声でババヤガは笑った。

『まあ、その秘密をわし自身が理解しておるかといわれれば、そうではない、と答えねばならぬがの。……おそらくそれはかのグイン、巨大なる豹の星のものに委ねられるべきなのであろう。鷹の男よ、そなたと豹の星が重なるとき、偉大なる合が起こるという話、聞いたことがあるか』

「ある」スカールは唸った。「実は、俺とグインは一度会っているのだが、その時はなにも起こらなかった。その時グインが記憶を失っており、万全な状態ではなかったため、合が起こらなかったのだと説明されたが」

『うむ。さもあろう』

両手を杖の上にかさねてババヤガはうなずいた。

『起こるべき合とはそれほどに複雑精妙なものだと知れ。そなたとグインとのあいだには浅からぬ縁がある。その詳細をわしは告げることはできぬが、いずれまた時至れば、そなたはかの豹頭王とそなたの秘密を分かち合うことになるであろう』

スカールは黙ってあごをひいた。

『いずれまた、そなたともまたノスフェラスで相まみえることがあるかも知れぬ』

ババヤガはじっとスカールの顔をのぞき込んだ。木の皮のようなしわだらけの顔には、慈悲深いとさえ言えるような表情が浮かんでいた。

『ブランよ、そしてスカールよ。このババヤガの友誼を受けとるがよい。わしはノスフェラスに戻り、ふたたび悠久の思索にはいるが、そなたらの恩義は忘れぬ。うかうかと竜王の手に乗り、犬のように追い使われておった身の上から引き出してもろうたこと、イェライシャからの恩義とともに忘れはせぬぞ。いつかふたたびわしの力を借りるべき時あらば、遠慮なく呼べ。必ず力を貸すであろう』

「それは、ありがたい」

スカールはおっかなびっくり手を伸ばした。木の枝のようなババヤガの手が伸びてきて、軽く指先が触れあった。乾いた小枝のようなざらざらした感触だった。

「ババヤガよ、御身のことば、忘れぬようにしよう」

『うむ』

ババヤガは全身の草をかさかさ言わせながら頭を揺り動かし、背中を丸めた。

『では、わしは、行く。いつかまた機会があらばまみえるときもあろう。それまで、達者でいるがよい、人々よ』

そう言っているうちに、ババヤガの身体はみるみる小さくなり、前屈みに丸まるように地面に吸い込まれていって、ざわざわいう草や蔓がしばらくそのあたりを這い回ったが、それらもやがて水が吸い込まれるように地面に吸い込まれてゆき、やがて、あとにはなにひとつ残らなくなった。

「やれやれ！」

思わずといった調子でブランがため息をついた。

「何もせんとはわかっていても、あの御仁の異形にはひやひやさせられる」

「まあ、そう言うな。ノスフェラスの化身の好意とは得がたいものぞ」

にこにこしながらイェライシャがなだめるように言った。

「で、老師。老師もどこかへゆかれるのか。われらとともに来てはくださらぬのか」

「ヤガでの大変動の後始末をせねばならぬでな」

白い大魔道師はぐるりと手を振って、眼下のヤガの破壊された街並みと樹木につきあげられた大聖堂の残骸をさした。

「われが〈新しきミロク〉に抗したのは、竜王の暗黒の力によってこの地の空間の均衡が乱され、世界の秩序が混乱する危険性を危惧したまで。そなたらの力で竜王の影はいったんは去ったようではあるが、その遺した変動は、目には見えぬが重大な時空の偏向として残っておる。われはなによりもまず、その偏向を修復せねばならぬ。この歪みは多数の時空に影響しておって、放置しておけばまたただならぬ事態を巻き起こしかねぬ。修復のために幾多の次元を渡り歩かねばならぬか、わからぬほどよ」

「よくはわからぬが、とにかく、ともには来られぬということなのだな」

「心細げな顔をするな、黒太子よ」

イェライシャは髭をなでてほほえんだ。

「ババヤガ同様、われもまた縁あらば相まみえるときもあろう。ともあれ、このヤガの変動についてはそなたらの力があったことに間違いはない。ブランよ、そなたにはたいそう働いてもろうた」

ブランはまったくだ、とかなんとか、口をとがらせてぶつぶつ言った。聞きとがめたイグ＝ソッグが、ぱっと大きくまたたいて怒ったようにぶんぶんいった。

『猪め、老師に対して、無礼な口は許さんぞ』

「まあおけ、イグ＝ソッグよ」

片手をあげてイェライシャは蛍火の従者をなだめた。

「こやつを連れることになったのもそなたの働きがあってではある、……イグ＝ソッグよ、今のそなたがあるもなかばはこの男のおかげぞ。そう邪険にはするまい。

それでは、われもそろそろゆくことにしよう。達者でな、みなのもの。星の巡りあらば、また、相まみえることであろうよ」

イェライシャの姿はぼんやりと霧がかかったように薄くなり、やがて、宙に溶け失せるように消えていった。

はっと気がつくと、一行はざわざわと歩いていく人々の列の中に棒立ちになっており、左右をわかれて通っていくものは、けげんそうにこちらを振り返ったり、迷惑そうにちらちらと視線を投げたりしていて、あたりを覆っていた見えない結界は、すでにすっかり消えていた。

「何かこう、勝手なものだな、魔道師というのは」

スカールは肩をすくめてそう言った。

「それでは、俺たちも出発しよう、皆。ザザよ、黄昏の国へ入る入り口というのは、どこにあるのだ」


鴉姿のザザが一行を案内したのは、ミロク街道を半日ほど北上して、はじめの宿場町を通り過ぎて少し歩いたあたりの、道からはずれた森の中だった。

『ほんとは、街道の上の四つ辻から入ってもいいんだけどね』

上空をゆっくり旋回しながらザザは言った。

『でも、ああ人通りが多くちゃそんなこともできないから。夜なら手っ取り早くそっちから入るんだけど、人目を避けるならやっぱりある程度道からはずれないとね』

「あの、こんなところに、息子がいるのでございますか？」

木立の中にどんどん入り込んでいく道を見て、心細そうにフロリーが言う。

『安心しなよ、おっかさん。息子さんはちゃあんとあんたを待ってるよ。こっちへ入ってきたのは、ただ、息子さんをかくまってる場所へ行くためだけのことだからね』

「足は大丈夫か、ヨナ」

「はい。お気遣いいただいて」

スカールに声をかけられてヨナは応えた。木の根や石がごつごつと飛び出ている野道は歩きづらく、長いあいだ幽閉されていたヨナやフロリーは、足が弱っていて歩きにくそうであった。

「もう少しのことだから辛抱してくれ。そうだ、ヨナ、そなたは、どうせなら黄昏の国を通り抜けてパロの近くまで行くのがひょっとしたらいちばん安全で早いかもしれんな。スーティと合流したら、まず先にそなたを送ってやることにしよう。ザザがおれば、黄昏の国の中でも恐れることはあるまい。……ザザ？　まだか？」

『もう少し。ほら、見えてきたよ』

木立のあいだに、ぽっかりと開けた小さな広場が見えてきた。茂みをわけながら進んでいくと、周囲を、円柱のような木々でずらりと囲まれた、円形の場所に出た。あたりには短い草がしげり、陽光がななめに木の間に射し込んでいる。草はそのあたり一帯だけ刈り取られたように短くなっており、風雪に削られた石柱かなにかのような不規則な形の石が、高さがたがいちがいになるように、弧を描いて並んでいた。

『昔の人間が作った、お天道さまを拝むための円陣だよ』

ザザはばさばさと舞い降りてきて、いちばん背の高い石の上に羽をたたんだ。

『大木や、滝や、そういう自然のものと同じように、ここにも太古の力の焦点が眠ってる。ここからなら、黄昏の国への道もつなげやすい。さあ、一列になって、あたしが今とまってる石にむかって、まっすぐ歩いてきとくれ。ぶつかるとか、そんなことは考えなくていいからね。まっすぐ、ずっと歩いてくるんだよ、いいかい』

「あの、スカール様、本当によろしいのでしょうか」

こうしたことに慣れていないフロリーはすっかりとまどっていた。ブランもにがい顔をして疑い深そうに鴉と石を見比べている。まだしも魔道に慣れているヨナは何も反論しなかったが、スカールは、苦笑いして、

「不安なのはわかるが、これは別に俺がおかしくなったのでも鴉が騙そうとしているのでもない。まあ、思いきって、入ってみてくれ。悪いことは起こらんと請け合う」

スカールは先頭に立って、ザザが止まっている石に向かってまっすぐ歩いていった。少し遅れてブランが続き、そしてヨナが、最後に、フロリーが、こわごわした足取りながらもついて入った。

石に突き当たるかと見えたとき、スカールの視界はふっと一瞬暗くなり、次の瞬間、暖かな琥珀色の光に満ちた。頭を押さえられるような圧迫感が一呼吸だけあったあと、木々のそよぐ音と、甘くて濃い大気が胸に流れ込んできた。

顔をあげると、黄金色に染まる空と、橙色の木立、眠いような紫にけむる地平が望めた。静けさが水のように身体にしみこんできた。後ろを振りむくと、ブラン、ヨナ、そしてフロリーが、空中から湧き出すように現れて、あたりの様子に驚きの声をもらすと

ころだった。

「まあ」フロリーが息をはずませた。「ここは、どこですの。わたしたち、今まで、昼間の森にいたのではありませんの」

「ここはな、フロリー、〈黄昏の国〉と呼ばれる場所で、われわれのいう地上にある場所ではないのだ」

ブランとヨナも目を丸くしてきょろきょろしている。スカールはひそかに苦笑して、ザザを呼んだ。ザザは翼を鳴らして、最後に入り口をくぐり抜けてきた。

「それではザザ、スーティを隠した木のところまで案内してくれ。そばにウーラもついていることだ、すぐに見つけられることだろう」

スカールは衝撃を受けることになった。

「スーティ？　スーティ！」

遠くから見たときにすでに異変はわかっていた。きっちり閉じておいたはずの樹上の小屋の入り口が開かれ、枝がだらりと垂れ下がっている。あたりには人の気配もなく、巨狼がいるような様子もない。スカールはあわてて駆け寄った。

「スーティ、どこにいる。スーティ。スーティ！」

返事はない。木によじ登って小屋に首を突っ込んでみたが、中はもぬけの殻だった。

スーティに着せておいたマントだけが片端に脱ぎ捨ててある。スカールは焦って飛びおり、荒々しくあたりを見回した。「スーティ！」

「息子は、どこでございます、スカール様？」

フロリーはもはや泣き出しそうだった。

「もしやまた、あの子に何かあったのですか？　あの子はどこにいるのでございますか？」

「スーティ！」ヨナとブランも交互に叫んだ。

「スーティ！　どこだ！　どこにいる！」

「ザザ！」

スカールは叫んだ。

「どういうことだ？　スーティはどうしたのだ！」

「そ、そんなこと、あたしに言われたって」

ザザもすっかりあわてている。

「あの子が自分から外に出ないかぎり、この護りの結界は安全なはずだよ。ウーラだってあとから送ったし……それに、そうだよ、琥珀だっていたじゃないか。あの石の精霊なら、坊やに危害を加えるようなことは許さないはずだよ。あ」

ザザの声が震えた。

「も、もしかして、グラチウスのじじいがまたなんかやったんじゃ……で、でも、あの子が外に出さえしなけりゃ、たとえ闇の司祭だってそう簡単にゃあたしの護りを突破することはできないはずだよ」

「しかし、いないではないか！」

「そ、それは、そうだけど……」

『琥珀』

宙をにらみあげて、スカールは懸命に思念をこらした。

『琥珀。どこだ、琥珀！』

しばらくはなんの答えもなかった。ややあって、かすかに脳をくすぐるような感覚があり、言葉となって形をとった。

『鷹……』

「琥珀か」飛びつくようにスカールは食らいついた。

「どうなっているのだ。スーティはどこにいる？　どこでどうしているのだ！」

『星の子は……弟王子を救出するために、ゴーラにおります……』

はるか遠くから伝わってくるような、ぼんやりした声だった。

「ゴーラだと？」

スカールは驚愕した。

「いったい、なぜだ！　ゴーラ？　なぜ、そんなところにいるのだ！　弟王子を助けるだと？　ばかな！　スーティのような幼い子が、そんな！」

『星の子の精神の安定と安全を図るためには、それが必要であると判断しました』

はるかかなたから伝わってくる琥珀の言葉は、腹立たしいほどに落ちついていて冷静だった。

『弟ドリアン王子の誘拐されるところを目の当たりにした星の子は、なんとしても弟王子を助けるのだという硬い意志をあらわにしました。わたしは星の子の精神と肉体の安全を保全することを優先します。星の子の精神の安定のために、ドリアン王子の救出が必要であると判断しました』

「ばかな……ちくしょう、スーティはまだ三歳にしかなっておらんのだぞ！　そんな子供が、助けもなしにどうするつもりなのだ！　まさか、グラチウスが――」

『闇の司祭は現在、わたしの拘束下におかれています』

琥珀はあっさりと言った。

『わたしのフィールド制御によって、時空に関する魔道を使用することに制限をかけました。闇の司祭は現在、星の子の協力者として、ドリアン王子救出に働いています。ウーラも同様です。現在、わたしたちはゴーラの座標、六〇一一・七六二―一一八五四にあって、ドリアン王子の動向を監視しています』

「なにを、きさま……この……」

怒りと動揺のあまり、スカールは口がきけなかった。

「戻ってこい！　すぐに帰れ！　そんなところへ子供を連れていくばか者があるものか！　今すぐスーティを連れて、こちらへ戻ってこい！」

『残念ながらすぐには不可能です。現在地から鷹の所在地まではおよそ五千モータッド、ほぼ中原を縦断するに等しい距離があります。闇の司祭による時空移動の魔道も、使用を認めることはできません。飛行して戻るにしても、かなりの時間がかかるでしょう。また、星の子自身が、弟王子のそばをはなれたがりません』

「はなれたがっておろうとおるまいと、子供をそんな場所に置きはなしにできるものか！　すぐに戻れ！　戻れというのに！」

『申しわけありません。不可能です。星の子はあくまで弟王子の身の安全を目指しています。彼の精神の安定のためには、引きつづき、この地でドリアン王子を見守る必要があります』

「ええい、この……！」

「どうしたのですか、スカール殿」

一人でどなったりわめいたり足を踏み鳴らしたりしているスカールに、ヨナがおっかなびっくり寄ってきた。

「大変だ。スーティはどうやら今、ゴーラにいるらしい」

「ゴーラ?」ヨナとブランは口をそろえてぎょっとしたように繰り返した。フロリーは飛び立つように走り寄ってきて、

「ゴーラ?　ど、どうして、そんな場所に……」

「まさか、宮廷の手のものがやってきて連れ出していったのか?」語気荒くブランも言った。スカールは力なく頭を振り、

「いや……どうやら、俺が置いていったあの琥珀めが、妙な考えを起こしてスーティを連れていったようだ。しかも、グラチウスまでそばにいるらしい。まだ何も悪いことはされておらんようだが……くそっ!」

思いきりスカールは地面を蹴りつけた。乾いた落ち葉がぱっと散った。

「ザザ!　黄昏の国を通って、今すぐゴーラへ出ることはできるか!」

『できることはできるけど、あんまりおすすめはしないね』

ザザもあまりのことにどぎまぎして落ち着きを失っている。

「なぜだ」

『黄昏の国はしょせん人間の長くいるべきところじゃないからさ。あたしたち妖魔はどこへでも通り抜け自由に通行できるけれど、人間はそういうわけにいかない。ここへ入るのにも入り口として適当なところが要ったみたいにね。結界を張ってじっとしている

だけならまだしも、ヤガからゴーラまでなんて長い距離を、人間が黄昏の国を通じて移動しようとすれば、きっと体や心に異変が起こる。下手をすると肉体や、精神のかたちに異変が起きて、なおらなくなるかもしれない。

時間と空間ってものは、妖魔にはやわらかい綿みたいなもんだけど、人間にとってはかたい板みたいなもんなんだ。そう簡単に急激にちぢめたりはできないんだよ。あのフェラーラへ行く途中に通った、非人境（ノーマンズ・ランド）のことを思いだしてごらん。ああいった危険な場所が、いくつも人間にとっては、現実とこの黄昏の国との間に存在してるんだ。長くいようとすればするほど、ああいう亡霊や魔物や、生きた人間の肉体や魂を欲しがる輩が寄ってくる。こっからゴーラまでなんていこうとしてごらん。いったいどれだけの危険をくぐり抜けなきゃならないか、わかりゃしないよ』

スカールは歯ぎしりした。いらいらと歩き回り、頭をかきむしり、天を仰いで呪いの声をあげた。フロリーは涙をためてそれを見つめ、ブランとヨナは、はらはらしながらなりゆきを見守っていた。

「だが、放っておくわけにはいかん！」

のけぞって吠えると、ぐいと手をのばしてザザをひっつかんだ。いきなりつかまれて、ザザがばたばたと羽根を散らして暴れる。

『な、なにすんだい、いきなり！』

「とにかく、ヴァラキアの近くに出られるようにしろ、ザザ」

うなるようにスカールは言った。

「今から徒歩で中原を北上している暇はとてもない。もっとも早い道は、ヴァラキアから船でロスへ上り、そこからケス河を遡ってゴーラに入ることだろう。ヤガにも、アムラシュやマガダにも港はあるが、あるのはせいぜい漁船くらいだ。ロスまで行けるような大きな船は、どうしてもヴァラキアまでいかねばならん」
二、三度ザザをぐいぐいとゆさぶり、放り出して、スカールは足音荒くそのあたりを歩き回った。
「すまん、フロリー。あれほど大丈夫だと言っておいて、スーティをひとりでゴーラなどに行かせてしまったのはこの俺の責任だ。どうあってもスーティは連れ戻してみせる。琥珀とウーラ、それに、信用はならん話だがグラチウスがついているという以上、今すぐにスーティがどうということはないだろうが、このまま放っておくことはできん。俺はゴーラに向かう」

「わたしも行きます」すぐにフロリーはきっとなった。

「スーティをそのままにしておくことはできません。わたしもまいります」

「俺も行く」あわててブランが言った。「スーティは俺の王子だ。あの子を放っておくことは絶対にできん」

「ヨナ、おまえにとっては突然の話ですまんな」

スカールは呆然としているヨナにすまなげに言った。

「できればパロの近くまで送ってやりたいと思っていたのだが、どうやら、そういうわけにはいかなくなったようだ。とにかく、ヴァラキアまでいっしょに来てくれるか。そこでおまえは、旅の支度をととのえるなりなんなりして、パロへ発つがよい、俺たちはヴァラキアで船を見つけて、ゴーラへたたねばならん」

「それは、承知しましたが」

ヨナはとまどったように言った。

「琥珀というのは何者なのです？　それに、あのグラチウスがついている？　スーティ坊やには私も会ったことがありますが、あんな小さい子が弟を助けるためにひとりでゴーラへ入ったなどと、そんなことがあるものでしょうか。いったい誰が、そんなことを助けたのです？　子供がひとりで行けるような場所ではないでしょう」

「ああ、それは……そうなのだが……くそっ」

スカールはふたたび頭をかきむしった。

「すまん、ヨナ、話せば長いことなのだ。とにかく、今ひとまずスーティには保護者が、あるいはそれに準ずるものが、ついていると考えてくれ。かといって、このまま放置しておくわけにもいかんから、なんとしても連れ戻しに行かねばならん。事情はヴァラキアまでの道でおいおい話す。今はとにかく、スーティを連れ戻しに行くことを優先せねばならんのだ」

3

「むすめは、寝たか」

「はい。先ほど、ご自分の部屋へお戻りになりました」

「そうか！」

やれやれ、といった調子で、アグラーヤ王ボルゴ・ヴァレンは伸びをした。ヴァラキアの公邸の一室、夜である。彼はいまロータス・トレヴァーンとの会合からもどってきて、ひと息ついたところであった。

「あれにも困ったものだ。どうしてもパロへ軍を派遣しろと言い張る――まあ、しないとは言わんが、小娘の考えるほどかんたんなことではないのにな。ダリウよ」

「は」

そばに控えていたトール・ダリウ、アグラーヤ海軍提督にしてアグラーヤの旗艦サリア号の船長である男が頭を下げた。イリスの三点鐘のすこしあとで、夜闇はびろうどのようにかぐわしい。遠くから船乗りたちの叫び交わす声や、飲み屋でかき鳴らされるキタラの音、娼婦の嬌声や笑い声が、かすかな音楽のように夜気にただよっている。

「ロータス・トレヴァーンはどう出ると思う？」

「ロータス公は弟君のオリー・トレヴァーン公暗殺の件で手一杯になっておられますからな」

「まだ、なんの手がかりもないのか」

「手がかりといえば残されていた短刀にゴーラの紋章があったことくらいですが、暗殺者がわざわざ紋章のついた証拠を残していくのもおかしな話で」

「何者かがヴァラキアと――あるいは沿海州とゴーラをかみ合わせようと意図しているというところか。ふむ」

ボルゴ・ヴァレンはあごに手を当てた。

「ゴーラか。――ゴーラ王イシュトヴァーンに関しては、カメロンの殺害でロータス・トレヴァーンは内心怒り狂っておるだろう。カメロンの麾下であったドライドン騎士団はいうまでもなく。おまえの旧友でもあったな、ダリウ」

「長い付き合いでございました」

低く答えるダリウの声は沈んでいる。

「娘とめあわせることを考えたことも何度かございました。二度と出ぬような傑物でございましたよ」

「アルミナは――あれは、パロを襲った竜頭兵とやらがキタイの竜王とやらの手のものだとして、キタイにまで兵を送りたいようだが、いくらなんでもそれは遠すぎる。だいいち、実際にキタイのしわざであるともわかっておらぬ。話を聞いたのはパロの宰相かちばかりで、その宰相がキタイの竜王ヤンダル・ゾッグとやらの名を口にしておるばかりでは、東回りのキタイ航路を犠牲にしてまで、キタイに派兵する理由はない。

　もしするとすれば、クリスタルに居座っているというイシュトヴァーン王を理由に、これをパロ対ゴーラの争いとして見、ゴーラに対して派兵するという形だろうが」

「それはそれで、何者かがけしかけようとしている手に乗るようで、しゃくにさわりますな」

「うむ。しかし、今のパロは、放っておくにはあまりに惜しい状態ではある。竜頭兵というものがどれほどの勢力かは知らぬが、それらを追い払えば、ほとんど人のいなくなったクリスタル周辺をまるまる制圧することができるに等しい。さきの内乱でパロの各公爵領や自治領もすっかり弱体化しているらしい。うまくすれば、パロ一国を熟れた実をもぐようにのっとることができるというわけだ」

「御意。しかし、それは諸国も同じ事を考えておりますでしょう」

「むろんだとも。だからこうして皆、返書を送ってきている」

　かたわらの卓に広げられた何通かの書状を、ボルゴ・ヴァレンはとりあげた。それらはどれも、沿海州会議招集に応ずる返書であった。

「イフリキア、トラキア、ライゴール、レンティア、『海の民』――皆それぞれ、うまそうな獲物を前に、ひとくちおいしいところを持っていこうと爪を研いでいるのだろうさ。ちっ、ライゴールのでぶ蛙め、せんにはさんざん手を焼かされたが、今度はどんなことを考えているのやら」

ライゴールのでぶ蛙、すなわち、商業都市ライゴールの評議長、アンダヌスのことである。

「ライゴールはやはりゴーラ方につくのでしょうかな」

「どうかな。モンゴールとの交易の独占権は、ゴーラがモンゴールの上に立つようになってから少しずつ崩れてきている。それにゴーラ自体がまだ、きちんとした国として認められていない。今回ゴーラ方につけば、モンゴールとの交易権をあらためて固めなおせるかどうかは五分五分だ。あるいはパロに手を伸ばすほうをとって、新たにクムや旧ユラニアへの貿易を増やす方がいいと考えるかもしれない。いずれにせよ、ライゴールはあくまで中立として、金も兵も出さぬだろうが」

「レンティアは女王が逝去いたしてしばらく経ちますが。その後、あとつぎが戴冠したという話もききませぬ」

「あの女怪め、死んだあとにもなにか呪いを残していきおったかな。だがまあおそらく、来ることは来るのだろう。でなければ返書を送ってくるわけがない。しかし、そうなると、今回はレンティアの反抗は気にせずともよさそうだな。もし、ヨオ・イロナなきあと跡継ぎ争いが起こっているのなら、他国の切り取りに注ぐ力などあるまい」

「ロータス・トレヴァーン公はどうお考えでしょうかな」

「あの男は弱った他国をわがものにしようなどと考えるにはあまりに高潔だよ。――だが、旧友であるカメロンの仇を討つとするならばいやとは言うまい。抱えているドライドン騎士団も復仇の意志に燃えていることでもある。それに、オリー・トレヴァーン殺害のこともある。たとえこれみよがしな、あからさますぎるしるしであっても、ゴーラの紋章が殺害現場に残されていた以上、なんらかの関わりがあったとみるべきではある。ゴーラを追及するという目的であれば、のってくるだろう」

「イフリキアとトラキアはどちらも何かするには小国」

　ダリウはいった。

「ヴァラキアとアグラーヤが出兵に賛成すればおそらくはそれに従うでございましょうが、ライゴールがもし抱き込みにかかれば、わかりませんな」

「なんにせよ、もっとも注意すべきはライゴール、ということだな。――アンダヌスめ、黒竜戦役のときの会議でもさんざん裏でこそこそしておったが、今度もまたどんな手を焼かせおるのか、うんざりする」

ボルゴ・ヴァレンとトール・ダリウがそんな会話を交わした翌日の朝、ヴァレリウスはアッシャに手伝わせて、魔道師食をつくるのにかかっていた。本来なら、魔道師というものはこの魔道師食と言われる食物しかほとんど口にせぬものなのだが、これまでは、材料が手に入らぬのでやむなく普通の食事をとっていたのである。ヴァラキアに来て、ようやく身の回りも落ち着き、ロータス公にも頼んでさまざまな材料を手に入れることができるようになったので、慣れた魔道師食を食べるようになればさらに体力の戻りも早いかもしれぬと、作成に取りかかっていたのである。

「これ、炒ればいいの、お師匠？」

小袋に入れた粉末をもちあげてアッシャが尋ねた。

「いや、それは、こちらへ持ってきてこのザリの根の粉と混ぜてくれ。それから水で練って型に入れる。こちらはすり潰しておいてガティ麦と練り合わせる。練ったら乾かして、砕いて粉にするんだ」

アッシャは言われたとおりに、走り回ってくるくる働いた。ヴァレリウスはすり鉢で木の皮をすりながら、その立ちのぼってくるにおいをかいだ。鼻にぴりっとくる香りの中に、かすかななまぐさいにおいがまじった。なまぐささは、血のにおいを思いださせた。ヴァレリウスはつい数日前に起きた殺人のことを思い、眉をひそめた。

それはカメロンの水葬式のあいだに行われたのだった。儀式のために海へ出ていたロータス公と身辺のものが戻ってきてみると、公邸の一室で、公弟オリー・トレヴァーン公が、喉を切り裂かれて血の海に浸ったまままことときれていた。

そばには男娼の少年がいっしょに死んでおり、その少年の手には、短剣が握られていた。短剣の柄には、ゴーラの、クリスタルに人面の蛇が巻きついた紋章が、くっきりときざまれてあった。

公邸はたちまち大騒ぎになった。好かれることの少なかった人間であるとはいえ、現大公の弟であるオリー・トレヴァーンが殺されたとあっては、犯人の詮議を行わないわけにはいかない。

男娼がやったという説はすぐに否定された。少年はこれもまた喉をきれいに切り裂かれており、自分でやったとしても、それほど見事には切れなかったろうためである。また、少年を差し出した娼館の主人も震え上がりながら、あの子は身元の確かなうちでもいちばんの男娼で、けっして暗殺者などではありえないと繰り返し証言した。

現場に残されていたのはゴーラの紋章のある短剣だけだった。徹底的に調べられたが、足跡ほか、手がかりになるようなものはなにひとつなく、ゴーラの紋章も、暗殺者がわざわざ残していくということは、この殺しがゴーラのしわざであると示唆する以上のなんらかの意味はないと思われた。

わざわざゴーラのしわざと示唆していくからには、これはゴーラの手のものではない誰かのしわざなのか、それとも大胆にも犯行のあかしを残していったのか、どちらともとらえかねて役人たちは頭をかかえた。ロータス公は一日も早く犯人を捕らえるよう一同を叱咤したが、捜査は遅々として進まず、いたずらに時間ばかりがすぎていった。

「やあ、ちびの魔女」

部屋の入り口からひょいと顔を出したものがいた。赤毛の騎士のミアルディで、気楽そうに肩からマントを掛け、腰の剣に手を置いている。

「なにしてるんだね？　魔法の薬でも作ってるのか」

「ちがうよ。お師匠の食べ物」

アッシャはいって額ににじんだ汗を拭き、ずり下がっていた左手の長手袋をひっぱりあげた。

「ほんとならお師匠はこういう食べ物を食べなきゃいけなかったんだけど、これまでは材料が手に入らなくて作れなかったからね。ヴァラキアに来て、ものが手に入るようになったから、いま、まとめて作ってるんだよ」

「へえ？　どれどれ。なんだ、食べ物っていうのに、ちっともうまそうじゃないな。砂か、土か、泥か、そんなもんじゃないか」

「うーん、まあ、あたしだってそう思うけど」

アッシャはまじめくさって作っているものを見下ろした。

「でも、これがほんとの魔道師の食べ物なんだよ。あたしだって、こういうのを食べなきゃいけないんだから。あんまりひどいこと、いわないでよね」

「わかった、わかった」

「なにか、判明したことでもありますか？　オリー公殺しのことで」

すり鉢にかがみ込みながらヴァレリウスはいった。ミアルディは肩をすくめて、

「何も」といった。

「相変わらず何も出てこないようだよ。カメロン卿の葬儀の時に公邸にいた人間を中心に探してるらしいんだが、あの日はほとんどの人間が公邸を出て、海辺に足を運んでたようでね。残ってた少数のものにも、オリーを殺す理由はないし、身元も全員が確かだ。やっぱりどこかから入り込んだ刺客のしわざだってことになりそうだな。だからといって探さなくていいことにはならないが」

「人殺しはだめだよ」息をつめたような顔でアッシャは静かにいった。「どんなことでも」

「それは、確かにそうだが。……やあ、シヴ、何か用かい」

姿を見せた黒い肌の騎士にむかって、ミアルディは陽気な声をかけた。しかし、そのすぐ後ろから現れた人物を見て、むっとしたような表情になった。

「あんたか、ファビアン。なんの用だ。こっちに、おまえさんの顔を見るような用事なんかないぜ」

「申しわけありませんね。ちょっとしたお使いですよ」

ファビアンはにやにやして手を振った。アッシャは立ち上がり、一歩足を引いてつっかかるような姿勢になってファビアンをにらんだ。

「なんか用事？」

「ヴァレリウス殿に客だ」

シヴがいった。この無口な男にとってはそれだけで長広舌をふるったも同然だった。

「パロのヨナ・ハンゼと名乗っている。ヴァレリウス殿にぜひお目にかかりたい、と」


そこから遡ること、少し前――

橙色の空間を一歩抜けると、たちまち青い空が頭上に広がった。

スカールはあたりを見回し、息をついた。あとから続いて出てきたブランやヨナ、フロリーも目をまたたかせ、顔をこすっている。涼しい風が吹き渡り、梢をざわめかせた。

あたりは木立で、黄昏の国に入ったときの場所に似ているが、岩はなく、灰色の木肌の樹木がずらりとあたりを埋めている。

「驚いたな。ほんとにヴァラキアだ。あそこの丘の形には見覚えがある」

ブランが呟いた。

「だから言ったろ。あたしの案内に間違いはないって」

鴉の姿で飛んできたザザが、くるりと身をひるがえして女の姿になり、すとんと地面に降りたって口をとがらせた。

「あと半日も歩きゃヴァラキアの市門につくさ。これっくらいの移動なら黄昏の国を通ってもまあ安全なほうさね。さ、それじゃ行くよ。早いとこヴァラキアにつかなきゃいけないんだろ」

先に立ってさっさと歩き始める。是非もなく、スカールたちはついて行った。しばらく木立の中を抜けて進むと、しだいにあたりが明るくなり、やがて、赤い街道の煉瓦が木の間沿いに見えてきた。

ひっきりなしに人が行き交い、牛に引かせた荷車や、馬車や、人が引く車が、荷物を満載してがたごとと行き来している。人々の服装もゆるやかな衣服をまとって頭に布を巻き、サッシュを垂らした沿海州風で、大きな樽をいくつも荷車に積み、ぴちゃぴちゃと水の音を立てながらえいやえいやと何人もで押していくものもいる。中には生きた魚が入っているらしい。鼻をうごめかして、ブランが笑顔になった。

「魚のにおい。潮のにおいだ。ヴァラキアなんだな、ほんとに」

街道に入って人の流れにくわわると、スカールたちは目立った。まだ、ミロク教徒の黒いマントを着たままでいたので、ミロクの巡礼だと思われるらしい上に、女姿のザザの扇情的なかっこうは、それでなくともよく目立つ。一刻も早くヴァラキアにつこうと気のせいているスカールはほとんど気にしなかったが、フロリーやヨナは、長い足をひらめかせて堂々と歩くザザにおっかなびっくりのようすでついていき、ブランは、ひとりミロクのマントを着てはいなかったので、この妙な一行の護衛といったかっこうで、少しあとから苦笑いしつつ歩いていった。

ヴァラキアに近づくにつれ、しだいに空気に潮の香りが濃くなった。路傍の家々に漁網や釣り竿、熊手、手網といった漁具が多くなり、屋根や台の上でひらいた魚を干しているのが目についた。明るい白い石で組まれた家の前では女たちが座って魚のうろこを取ったり、網のつくろいをしており、小さなナイフを手にして小魚をさばき、はらわたを捨てているものもいる。そんな風景はますますブランを喜ばせた。

「ちくしょう、なつかしいなあ」

何度もブランは言った。

「なあ、あんたもヴァラキア生まれなんだったら、感じるだろう、この空気を。ああ、釣ったばかりの魚をその場でさばいて、海の水で洗ってぺろりと食べる、そのうまいこと！　すっかり思いだしちまった、あんなうまいものは、よその土地には絶対にないさ、うん、そうとも」

「私はパロの暮らしが長いですから」

静かに笑ってヨナは言った。

「でも、そうですね、確かになつかしく思います。小さいころ、こんな風に近所の女の人が座って魚をさばいていて、時々分けてくれたことを覚えていますよ。あの頃は、それがいちばんのご馳走でした」

とりたての貝や、生干しの魚を焼いて、木の葉に載せたのにヴァシャの汁をふりかけたのを売っている屋台がある。乾いた木のような老人が、膝のまわりにござを広げて、自分で彫ったらしいみごとな彫刻の船や、ドライドン神像、ニンフの像、人魚、鯨、海鳥などを並べて売っている。両肩に長い棒を刺し渡して、両端に大きな籠を下げた若い男がいきおいよく調子をとりながら走り抜けていく。籠はぴちぴちした魚でいっぱいである。どこかへ届ける用事があるのかとぶような足取りで駆けていく男を、人々はてんでに避けて通してやる。

日差しが強くなってくると、人々は草で編んだかぶり物や、布や、ターバンを頭につけて陽光を避ける。ミロクのマントを身につけているスカールやヨナやフロリーはひどく暑い思いをしたが、ブランとザザは意気揚々として、行き交う人を品定めしたり、路傍の屋台の売り物をながめたりしてのびのびと歩いた。

「ああ、おやじさんに会いたいなあ！」

熱狂的にブランは言った。

「どうも、こうヴァラキアが近くなってくると、むしょうにおやじさんに会いたくなっちまう！　ヴァラキアにおやじさんがいないってのは不思議な気分だな。もちろん、遠いゴーラにいるってのはわかってるんだが、それでもヴァラキアにゃカメロン提督がつきものだってのに長いこと慣れてたもんだから、行ってもおやじさんがいないってのは妙な気分だよ。オルニウス号は健在かね！　港へ行ったら、ぜひとも、最初にそいつを確かめなくっちゃな」

「さあ、そろそろヴァラキアの門だぞ」

スカールが言った。遠くに、白く、小さく、長々と横に広がったヴァラキアの市門が見えてきていた。入市を待つあきんどや旅人、農民たちが早くも列を作り始めている。

スカールたちがぞろぞろとその列に並ぼうとしたとき、市門から出てきて、わきを通りすぎようとしていた商人の会話が、ふとヨナの耳にただよい入った。

「どこへ行くんだって？　パロ？　いやあ、パロはよしたほうがいい、いまあそこは、怪物が暴れ回ってるそうだから……」

「ヨナ？」

突然、硬直して振りかえったヨナに、スカールはけげんそうな声をかけた。しかしヨナは聞いたようすもなく、脇を通りすぎかけた商人に飛びつくようにすると、腕をとっ

て、「待ってください！」と叫んだ。商人はぎょっとしたように身をそらしたが、

「え、ええ、なんだいねあんたは。なんか用事かい」

「今、パロのお話をしていらっしゃいましたね」

ヨナの声は震えていた。蒼白になって商人にしがみつき、

「お願いです、パロが、どうしたっていうんですか。今、怪物がなんとか、と聞こえました。パロに、何かあったのですか。パロに、何かわざわいが起こったのですか」

「あ、あんた、落ちついて、落ちついて」

痛いほど腕をつかまれて、商人はもがくようにしながらヨナの顔をしげしげと見つめた。

「あんた、パロの人かい。パロが今どうなってるか、知らないのかい」

「知りません！　パロが、今、どうなってるっていうんですか。教えてください！」

商人をゆさぶってヨナは叫んだ。

「どうした、ヨナ」スカールやブランも戻ってきた。ヨナの剣幕に、ただ事でないのを察知して、商人に目をやる。屈強な男ふたりの凝視に、商人は青ざめて、

「い、いいえ、あっしだって人から聞いただけで、実際にこの目で見たわけじゃありませんけどね。……なんでも、パロは、っていうかクリスタルの都はいま、竜の頭をした怪物に蹂躙されてめちゃくちゃで、生き残ってる人間もほとんどいないありさまって話で。

女王さまも、なんだか、ゴーラの王だかなんだかに、閉じこめられたのか殺されたのかなんだかね。とにかく、姿を見たものがないって話で、こらあ、パロも今度ばかりはもう最後なんじゃないかって、そういう噂で……」

「ヨナ！」

商人の袖を離して、よろよろっとあとずさったヨナをブランが抱きとめた。

「あの、あっしはもういいんで」とおどおどする商人にスカールが銅貨を何枚かやって追い払う。

「ヨナ」肩を揺すって、力強く声をかける。「大丈夫か。ヨナ」

「は――い……」

ヨナはうなずいたが、その顔は真っ青で、凍りついたようにがくがく震えていた。唇は色を失い、見開かれた目は一気に深くくぼんでしまったように見えた。

「パロが――パロが、怪物に蹂躙された、なんて。スカール様、いったい何が起こったんでしょうか。パロに何が起こったんでしょうか。生き残っている人もほとんどいない、なんて……リンダ様も……い、いったい、何が、何が――……」

「落ちつけ、ヨナ」

もう一度強く肩を揺すって、スカールは言った。

「まだ、噂だ。たんなる噂だ――といって、気は休まらんかもしれんが、あの男も言っていたろう、実際に見てきたものの言うことではない。とにかく、街に入って、情報を集めることだ。噂とはとかく大げさになりがちなものだ。実際に何が起こったかを特定するのは、よくよく調べてからにせねばならん」

「は――はい……」

青ざめてがたがた震えるヨナを、マントの内側に包むようにしてスカールは列に並んだ。ブランとフロリー、ザザも、気がかりそうにちらちらヨナを見ながらあとに続いた。

列の進みはのろかった。ヨナにすれば発狂しそうなほどだったにちがいないが、わなわな震えるヨナをなだめながら、辛抱強くスカールは待った。長い長い時間が過ぎて、ようやく、入市の順がまわってきたとき、ヨナは、飛びつくようにして受付の役人の手を取った。

「あの、申しわけありませんが、ヴァラキアで、パロの最近の事情に通じている方に、お心当たりはありませんか。急いでいるんです。どうしても、パロの今の状況を確かめねばならなくて。お願いします、なんとかなりませんか」

「パロの？」

役人は驚いたように目をしばたたいて答えた。

「それなら、今、パロの宰相ってひとがヴァラキアに世話になってるがね。……なんでも、魔道師だっちゅう話だが。いったいなんだって宰相なんかがこんなとこにいるのか、おらあ知らねえがね」

4

　重苦しい沈黙がヨナを覆っていた。(むりもない）とヴァレリウスは思った。(この俺だっていまだに信じられないくらいなんだ）彼は頭を抱え、膝の上にひじをついて身体を丸めたヨナを気の毒そうに見つめた。

「ほんとうに……そんなことが」

　ようやく、ヨナはのろのろと言った。そこに座ってから、久方ぶりに彼が発した言葉だった。

「ほんとうに……そんなことがあったんですか。クリスタルは壊滅したのですか……竜頭兵、とおっしゃいましたね。以前、魔王子アモンがクリスタルを占拠したときにあらわれたような怪物と同じようなものなのですか。そいつらが人々を……ああ、ミロクよ、ヤーンよ！　いったいどんな悪運が、愛しいパロに下ったというのですか？」

「私はリギア様、アル・ディーン様とともにクリスタルを逃れました」

　簡単にヴァレリウスは言った。彼はヨナと向かい合って肘掛け椅子に腰を下ろし、二人のあいだには蜂蜜酒を満たした杯が置かれていたが、そのどちらにも手はつけられていなかった。そばでは杯を運んできたアッシャが胸に盆を抱えたまま手持ち無沙汰に立ちつくし、もじもじと足を動かしていた。

「その途中で追いすがってくる竜頭兵とも戦いましたし、荒れ果てたクリスタルのようすも見ました……今、クリスタルがどうなっているかはわかりません。ただ、私が命からがら逃げ出した時には、どちらを向いても悲惨と破壊と死が広がっていたと言えるばかりです」

ヨナはまた低く呻いて膝の上に頭を落とした。ヴァレリウスのもとを尋ねてきてから、かれこれ数ザンがたっていた。そのあいだ、彼はものに憑かれたような形相でヴァレリウスの話に聞き入り、ほとんど質問を発することもないまま、呆然とするような悲報に耳をすましていたのだった。

ヨナがとつぜん姿を現して、ヴァレリウスのほうも驚いていた。ヤガに行ったはずのヨナがなぜこのヴァラキアに姿を現したのか理解できなかったが、同行していたブランという剣士、それにスカール、フロリーに話を聞くと、スーティ少年がさまざまな事情があっていまゴーラにおり、彼を探しに行くためにヴァラキアから船が必要なのだということだった。

そしてヨナはヴァラキアで旅の用意を調えてパロに帰還するつもりだったようだが、

その前に、パロの悲運の噂を聞いて、とるものもとりあえずヴァレリウスのもとを尋ねてきたということだった。ヴァレリウスがここにいたということもまた、ヨナにとっては驚きだった。おたがいがおたがいを、なぜこんなところにと言い合うことになったが、それぞれの事情を語るうちに、ヨナの顔はどんどん悲痛な表情に閉ざされていった。彼はヴァラキア生まれだったが、心はすでにパロの人間であると公言している。自分がヤガで陰謀に巻き込まれ、囚われているあいだに、愛する故国が思わぬ惨禍に遭っていたと知って、ヨナの顔は紙よりも青白くなっていた。

「ひとまず、ヨナ殿もヴァラキアにおとどまりなさい」

ヴァレリウスは動かないヨナにそっと言った。

「今パロに戻ろうとするのは無謀であり、無意味でもあります。今、アルミナ殿下――アグラーヤのアルミナ王女が、クリスタル奪回のための兵と資金を出すように、父王に申し入れておられます。それが通るかどうかは近々開かれる沿海州会議の結果次第となりましょうが、それが決まるまでのあいだは、ここで、お身体を休めなさい。聞けば、ヤガではかなりむごい目に遭われたようではないですか。焦って動くより、いまは、じっとして体力の回復を待つのがよいのではありませんか」

「そんなことは言っていられません！　こうしているあいだにも、パロが……」

叫ぶようにヨナは言って立ち上がりかけたが、途中で動きを止めて、また力なく椅子の上に崩れ落ちた。

「……そうですね。私がここでどんなに騒いだところで、どうすることもできないのですね。でも、ヴァレリウス様、私がいないあいだにそんなことが起こっていたということが、どうしようもなくたまらないのです。もし、私がいたとしてもどうしようもなかったことはわかっていますが、それでも」

「わかります。とにかく、ヨナ殿、あなたはご自分の任務は果たされたのですから、それだけでもよしとすることです。ヤガに巣くっていた陰謀は叩き潰されたのでしょう」

「はい。スカール様とブラン様、それに、イェライシャ老師のお力で」

〈新しきミロク〉と称する邪教がミロクの聖都ヤガにはびこっていたこと、本来のミロクの教えがしだいに戦闘的で排他的なものに塗り替えられようとしていたという話は、ヴァレリウスには伝えてあった。ヨナにはわからないさまざまなこともあったが、あやしげな魔道師が暗躍し、人々を竜王の手駒に変えようとしていた策謀が、ひとまず吹き消されたことは事実といってよいと思われた。

「それにフロリーとスーティ……スーティはなぜゴーラなどへ？　フロリーは息子を決してゴーラなどにはやらないと言っていたと記憶していますが。それになぜまた、あのように愛情深い母親のフロリーと離れて、スーティだけがゴーラなどへ。何者かに拉致されたとでもいうのですか」

「さあ、それは、私にもよく……スカール殿は承知していらっしゃるようですが、とにかくゴーラへ行ってスーティを連れ戻さなければならぬとのお話で。悪人やゴーラの手のものに誘拐されたというわけではないようですが」

ヴァレリウスは唸ってあごに手を当てた。とつぜん飛び込んできたヨナと、それからスカールたち一行の持ってきた話はあまりにも混乱していて、どうとらえればいいのか正直なところヴァレリウスにも判断がつかなかった。とにかくヤガを覆っていた影は吹き払われたのであろうが、ブランはともかく、ヨナとスカールというあまりにも意外な人物が現れたことを、どう考えていいのかわからなかった。

（もっとも、俺がここにいること自体、奇妙な話だがな）

ヨナにとっても、こんなところにヴァレリウスがいたことは驚愕だっただろう。長いあいだパロを離れていたあいだに、思いもよらない大変動がパロを襲ったのだと考えることは、ヤガで監禁生活を送っていたヨナにとっても衝撃的だったにちがいない。

「それに、イシュトヴァーン」

ヨナはせわしなく手を組み替えながらいった。

「彼がリンダ様に求婚しにやってきたなどと……そしてリンダ様を捕らえて監禁してしまったなどと。もちろん、彼がリンダ様に対してある感情を抱いていたのは知っています、でも、彼は仮にもすでにゴーラの国王なのですよ？　その彼が、まるで夜盗のように、王城を襲ってリンダ様を――いや」

小さくため息をついて、

「もしそうしたいと思えば、夜盗のようであろうがなかろうが、実行するのがイシュトヴァーンでしたね。僕は幼い頃に彼に返しきれない恩義を得ました。幼い頃に親しかった彼は何よりも自由を愛し、一度決めたことはどこまでもやり抜く小英雄でした。その本質が変わっているとは、僕は思いません……ただ、一国の王となった今となっては、その自由奔放さが、他人にとって油断のならぬ性質となっていることはわかります。彼は催眠を受けてマルガでナリス様を襲い、誘拐しましたが、それでさえ彼のつよいナリス様への執着あればこその催眠でした。ヴァレリウス様、あなたは、竜頭兵をクリスタルに送り込んだのは竜王ヤンダル・ゾッグのしわざであるとおっしゃいましたね。このことに、イシュトヴァーンはどれくらい関係しているのですか？　クリスタルが壊滅したあとも、イシュトヴァーンがリンダ様を監禁しているのであれば、双方のあいだには何らかの関係があるとみるべきでしょう。教えてください、イシュトヴァーンは、竜王の傀儡（かいらい）となってしまったのですか？」

「まだ、わかりません」

苦しげにヴァレリウスは言った。手は自然に動いて、かつて青い石の指輪がそこにあった左の薬指を内側に握り込んでいた。

「竜頭兵に関してはヤンダル・ゾッグの策謀ということで間違いなかろうと思います。あそこにあったのは間違いなく、中原の魔道ではない、異質な異界の魔道の力でした。以前、クリスタル宮の攻防の時にあらわれた竜騎兵と完全に同じではありませんが、かなり似通った部分のある生物です。ただ、このことについてイシュトヴァーンがどれほど関知しているか、関係しているかということについては、なんとも言えません。あるいは、ふたたび催眠にかけられているのか――いったん催眠にかけられたものは、ふたたびその術中に陥ることもたやすいですから――それとも、なんらかの仲立ちをするものがあって、イシュトヴァーンを抱き込んでいるのか」

「仲立ちをするもの？　たとえば、誰です」

「想像もつきません」

ヴァレリウスは嘘をついた。左手の薬指が鋭く痛む。

「イシュトヴァーン……イシュト」

ヨナはうつむいて呟いた。

「彼はむかしから言っていた……自分は光の公女によって王になると。彼の望みはアムネリス公女によって叶ったと思っていたのに……彼の心はまだ満たされていなかったのか。リンダ様を――リンダ様を監禁するなど、どうして――」

（あの方だ）

ぼんやりとヴァレリウスは思った。

(あの方がイシュトヴァーンを慰撫しているのだ……あの方ならば手もなくイシュトヴァーンを絡めとり、手の内のものにしてしまえるはずだ。もともとイシュトヴァーンはあの方にひどく執着していたのだから……はじめて出会ったときも、右足を失われてからも、そうだ、『死』のときでさえも――つねにイシュトヴァーンにとってあの方はきわめて特別な存在であり続けた。それは誰にとってもそうかもしれぬが、特にイシュトヴァーンに対しては……奴は異常なまでの執着をずっとあの方に対して持ち続けていた。もしあの方が現れて語りかければ、イシュトヴァーンは従うにちがいない……たとえ……それが死んだはずの人間であっても)

「ヨナ殿」

惑いを振り払ってヴァレリウスはいった。

「ともあれ、ここにこうしていらしたからには、ひとまずヴァラキアに身を寄せることをお考えなさい。とにかく、あなたの故郷でもあるのだから。さいわい、アルミナ王女がもとパロ聖王妃としてわれわれの身上を保護してくださっています。そこにあなたも加えることに異論はおこらないでしょう。フロリーもここでしばらく休息するのがよろしかろう。かよわい女性の身で、しかもヤガで手荒い扱いを受けていたあとだ。スーティのことは心配だろうが、はるばるゴーラまで赴くのは荷が重すぎる」

「それは……その通りですね」

ヨナは力なくうなずいた。

「パロに戻ることができないとなっては、私はほかに寄る辺もなければ力もない身です。ひとまずこちらにお世話になって、事態が変わるのを待つしかありませんね。フロリーさんのことについても、その通りだと思います。彼女はここにいて、スカール様のお戻りを待つべきでしょう」

「賛成していただけてありがたく思います。さっそく使いをやって、あなたがここにいらっしゃったことを伝え、保護を願い出ましょう。心配はいりません、問題なく受け入れられるはずですよ」


ヴァラキアの海は青い。

白い波頭が走り、崩れ、岸壁にあたって泡としぶきを散らす。忙しく出入りする船が鳴らす銅鑼(どら)の響きがひっきりなしに交錯し、色とりどりの帆が風をはらんでふくらみ、港を出ていく船のマストが遠く地平線に消えていくかたわら、入港してくる船がオーイとほかの船に呼びかけながら水路を渡ってくる。

ひらいた船腹から次々と荷が運び出され、水主(かこ)の汗で光る背中にかつがれていく。波止場には肩で風を切って歩く船乗りがあふれ、ともすると衝突が起こってナイフを抜いての流血騒ぎになる。漁船からどっとおろされた銀青色の魚がぴちぴち跳ねながら荷車に積まれ、中央市部へと運ばれていく。

女たちは座りこんで網や漁具をつくろい、あるいは、手っ取り早く小魚や貝を開いたり焼いたりして、即席の小店をひらいて客を呼ぶ。年寄りの水夫はパイプを吹かしながら家の戸口に寄りかかり、ひなたぼっこをしながらしわぶかい目で行き来する人混みをゆったりと眺めている。

海鳥がカウ、カウ、と鳴きながら翼のさきで波をかすめてとび、海面の魚をさっとさらってまいあがる——その、白い翼が、真昼の日をあびてまばゆく光るそんな風景を見下ろす小高い丘の上に、膝をかかえて、ブランの姿があった。

そばにはスカールが無言で腰をおろしている。立てた膝のあいだに頭をうずめて、もうずっと長いこと、ブランは身じろぎもしていなかった。

「ブラン」

そっと、スカールは言った。

「ブラン——おまえの気持ちはわかる、とはいわん。おそらく、誰にもおまえの心はわからぬのだろう。だが、いつまでもここにこうしていても仕方がないぞ。カメロンという男には俺も会ったことがある。短い間だったが、それだけでも、ただものではないと思ったものだ。その男の身近に仕えていたおまえが、とつぜんあんな話を聞かされて、動転するのも、気落ちするのもわかるが――」

「わかるものか」

　叩きつけるようにブランはいった。

「わかるものか――俺のおやじさんへの気持ちなんて。俺は、俺は、船乗りになってからずっとおやじさんのそばにいたんだ。おやじさんは俺の親であり、兄弟であり、神であり、それ以上の存在だった――ちくしょう、なんで、親父さんが死ななきゃならないんだ？　あんなに、海から遠く離れたところで――しかも、あんなに心をかたむけてた、イシュトヴァーンの手にかかって、なんて――なぜだ？　なぜなんだ？」

　言葉の後半は男泣きの涙にまぎれた。スカールは言葉もなく手を引いた。一羽の海鳥が風に乗って高く舞いあがり、二人の頭上に輪をかいた。高い鳴き声が抜けるような空に遠く響いていった。

　ブランがそれを耳にしたのは港でだった。ヨナがヴァレリウスとの話に引きこもってしまい、手持ち無沙汰になったブランは、ゴーラへの船を探すのもかねて、かねて気にかかっていたオルニウス号を見に、港へと足を向けたのだ。フロリーはザザといっしょにひとまず与えられた宿に残してきた。

「気持ちがいいな、この潮風は！」

　道中、ブランはやたらと陽気だった。まるで酔っているかのようによくしゃべり、道行く女に口笛を吹き、笑ってスカールをあきれさせた。

「なんとまあ、おまえ、まるで酔っ払っているようだぞ、ブラン。いったい何をそんなに浮かれているのだ」

「浮かれたくもなるさ、こんなに長いあいだ海から離れていたあとに、まったく久しぶりに潮の香りをかいでるときちゃあな！」

踊るようにくるりと回って周囲をさす。頭に魚を満載したかごを載せた女や、船荷を積んだ手押し車を押していく人夫、肩にぐるぐると巻いた縄と鉤をかけて歩いていく水夫、巨大な鮫をかついで歩いていく漁夫――そういった人々を抱きしめたいかのように腕を広げて、

「なんて長いこと、こういうもんから離れてたんだろうな！　ああ、おやじさんにも見せてやりたいなあ。おやじさんこそ、こういうもんをずーっと見たがってるにちがいないんだ。あんな、海のないゴーラなんて国で机に縛りつけられて、きっと俺以上に鬱屈してるにちがいない。ああ、こいつを見せてやりたいなあ、おやじさんに。ここへ連れてきてやりたいなあ！」

「おやじさん、というのは、誰のことだ、ブラン」

「カメロン卿だよ！　俺の剣の主、ドライドン騎士団団長、さきのヴァラキア海軍提督にしてオルニウス号船長のカメロンさ！」

　ブランはほがらかに言って、両手をたたき合わせた。

「俺にとっては世界でいちばん大事で、偉くて、大切なひとさ。まったく、ここに立つと、どうしておやじさんも俺たちも、ここを出るなんて事ができたのかなあと思うね。俺たちはやっぱり海の男なんだ、ここで生きるようにできてるんだ。ヴァラキアこそわが故郷さ！　おやじさんに、この空気の半分でも持ってってやれたらなあ！」

　歩くうちに、港が近くなってきた。出航の銅鑼の音が間近く聞こえ、林立する帆柱やひるがえる帆が見えてくる。水夫の姿も多くなってきた。ブランは勢い込んで、

「そら、もう港だ、あなたにオルニウス号を見せてやろう、スカール殿！　このヴァラキアにおいてならびなき船、俺たちのオルニウス号をね。あれほどすばらしい船はほかにない、比べられるようなものは二つとありはしない、まさに天下一の、俺たちのオルニウス号を――」

　オルニウス号はそこにあった。

　だが、その帆柱には半旗がかかげられ、喪のしるしの黒い布が、幾筋も舷側からたらされていた。

「おい、なんだ、あれは」

　驚いたブランは尋ねた。

「いったい誰が亡くなったっていうんだ。まさか、ロータス・トレヴァーン公じゃある

まい？」

「なんだ、あんたは知らんかったのか。ヴァラキアにゃ、きたばっかりかね」

つかまえられて問いかけられた水夫は、足を止められたことにめいわくそうに顔をしかめながらもいった。

「ありゃ、さきのヴァラキア海軍提督、カメロン卿のための半旗だよ。先日、葬儀があったばっかりさね。このオルニウス号の上から、ロータス・トレヴァーン公とドライドン騎士団が、卿を水葬に付したんだ。まだ喪の期間中なんで、喪章が外されてないんだよ」

それから何が起こったのか、しばらくスカールにはわからなかった。気がつくとブランが、水夫に馬乗りになり、わめきながら相手の頭を地面に打ちつけていた。スカールはあわてて割って入った。

「こら！　やめろ！　よさんか、ブラン！」

「嘘をつくな」

歯をむき出してブランはあえいだ。

「おやじさんが――カメロン卿が死んだりするもんか。いい加減なことを抜かしやがると承知しねえぞ。ぶち殺してやる」

「ほんとだ、ほんとだってばよ！」

いきなり殴り倒されてのしかかられた水夫は、腰のナイフに手を伸ばす暇もなく、もがきながら泣き声をあげた。

「そこいらのやつに聞いてみな、あの葬式はヴァラキアじゅうの人間が見たんだから……誰だって知ってら、カメロン卿が死んで帰ってきたって話は」

ブランはもう一度叫び声を上げてがつんと相手を地面に叩きつけ、ふらふらと立ちあがった。

「あ、おい」とスカールがあわてて追いすがったが、振り返りもせずにそのまま歩いていく。地面に倒れて呻いている水夫に、「すまん、これで手当てをしてくれ」と貨幣をいくらか与えて、スカールはブランを追った。

そのままふらつくように道を抜けていき、繁華な商店や飲み屋、宿屋がならんでいる通りへと入っていく。出会い頭に、脇をすれ違おうとした身なりのいい商人らしき男の腕をつかんで、「おい」と低く問いかけた。

「おい。ドライドン騎士のいる場所を知らないか」

「し、し、知らない」いきなり問いかけられた男は震え上がって応じた。「なんなんだ、あんたは」

ブランは黙って手を離し、ふらふらと先へ行った。スカールは男にあやまりながら懸命にあとを追う。

それから先もブランは手当たり次第に、身なりのきちんとした相手を選んでは腕をつかみ、ドライドン騎士の居場所を尋ねた。ほとんどのものはぎょっとするか、腹を立てるか、怯えるかだったが、居場所は知らなかった。しかし、十人目近くになって、ようやく、「そ、それなら」とへどもどしながら答えるものがいた。

「それなら、公邸の近くの〈青い鯨亭〉って宿屋に、仮の詰め所ができてる、と聞いちゃあいるが」

それを聞くとブランは礼も言わずに男の腕を放し、まっすぐに公邸へ向かって歩き始めた。〈青い鯨亭〉はすぐに見つかった。構えの大きな、格の高そうな宿屋で、広い間口と高い屋根を持ち、表には、青々とした塗料で描かれた鯨の看板が下がっていた。

ブランがそこへ入ろうとすると、ちょうど中から、楽器を背中にしょった若者がひとり、出てくるところだった。若者はブランに突き当たりかけてわきによけたが、その顔を見て、はっとしたように立ち止まった。

「ブラン？　あなたは、ブラン殿ではありませんか？」

ブランは黙ったまま相手の顔を見た。金髪で、端整な顔立ちのその若者は、息せき切ったように手をつかんでブランの顔をのぞき込んだ。

「やはりそうだ。ブラン殿、私は、ドライドン騎士団団員、アルマンドと申します。なぜここにいらっしゃるのですか？　あなたは長いあいだ、騎士団を離れてどこかへ任務に出ておられると伺っていましたが」

「カメロン卿が死んだというのはほんとうか」

いきなりブランは尋ねた。アルマンドの顔にとまどいと痛恨、そしてはっきりとした悲痛の色が走った。

「それは……はい。カメロン卿はお亡くなりになりました」

「どこで。いつ。なぜだ」

「パロで……クリスタルで。クリスタルに逗留していたイシュトヴァーン王をいさめにいかれて、イシュトヴァーン王の手によって殺されたのです。われわれは卿の遺骨を守ってヴァラキアに帰還し、現在は、ロータス・トレヴァーン公の指揮下に入る形になっていますが……あ」

ゆらりと背を向けたブランに、アルマンドはあわてたように追いすがった。

「どこへ行かれます？　帰還されたのであれば、報告と、記録を――」

聞こえもしないようにブランはゆら、ゆらと歩いていく。スカールはアルマンドに、「すまぬが、あいつのことはしばらく俺にまかせてくれ。俺はあいつの連れだ」とささやき、呆然としているアルマンドをあとに、ブランを追った。

ブランは何も目に入らないようだった。歩いていくうちに人にぶつかり、にらまれたり、罵声を飛ばされたりしても、意にも介さない。時には、腕まくりをして殴りかかってこようとするものを、スカールは必死になだめてブランを追いかけた。

何も見ず、何も聞かずにゆらゆらと歩いていくブランの歩みは、港を眼下に眺める丘の上で止まった。下にはたくさんの船に混じって、オルニウス号の高い帆柱と、そこにたなびく半旗がよく見えた。

そしてそこに崩れるように腰をおろして、そのまま、長いあいだ声も立てず、動かないでいたのだった。

「ブラン……」

また沈黙に落ち込んでしまったブランをどうすることもできず、スカールは、ただそばに座ってともにうなだれるだけで、なにもできない自分に歯がみしていた。

「ブラン殿」

その時、うしろから声がかかった。

スカールは警戒しながらさっと振り向いた。そこに立っていたのは、黒髪をきちんと切りそろえた、三十かそこらと見える男だった。腰に剣をつるしており、姿勢の良さや物腰が、戦いに手慣れたものを思わせる。

「ブラン。俺だよ。マルコだ」

ブランの肩がぴくりと震えた。のろのろと顔を上げて相手を見る。暗く陰った瞳が、相手を映してわずかに揺れた。

「マルコ……」

「久しぶりだな、ブラン。ゴーラでの一別以来だ」

「あんたは……」

「私はマルコと申します」誰何の声をあげたスカールに、彼は一礼した。「ドライドン騎士団の一員で、かつてはイシュトヴァーンの随員をつとめておりました」

「イシュトヴァーン！」

とつぜんブランは怒りの声をあげた。つかみかかるようにしてマルコにしがみつく。

「マルコ、マルコ、イシュトヴァーン王がおやじさんを殺したというのはほんとうなのか？　奴がクリスタルでおやじさんを殺したと……なぜだ？　親父さんはあんなにあいつにつくしていたじゃないか。なのにどうして、おやじさんがあいつに殺されなければならなかったんだ？　なぜだ？」

「それはあの男が、殺人者だからだ」

ぞっとするほど冷たい声でマルコは言った。明るい海辺の光の中で、黒い瞳が氷のかけらのようなきらめきを放った。

「人の恩も、情も、心というものを知らない、見下げ果てた殺人者だからだ。俺はやつが、カメロンおやじの血まみれの身体を突き刺すのを見た。あれだけ愛され、つくされていながら、あの男は自分の手で無残におやじさんを殺したんだ。それでいて、自分のせいではないなんて逃げ口上を言った。許されるものではない」

「自分のせいじゃない、だって――」

ブランは息をはずませた。

「ふざけるな。それじゃほんとに、イシュトヴァーンがおやじさんを殺したんだな。ふざけやがって――あんなに、あんなにおやじさんが心からつくして、このヴァラキアも、海も、大事にしてたものをみんな捨ててまであいつにつくしてたってのに、そのおやじさんをあいつは殺したのか。そうなのか、マルコ」

「そうだ。今では、おまえも知ったな、ブラン。俺たちが、誰に復讐しなければならないかということを」

「復讐――」

「イシュトヴァーンに、血の復讐を」

海から吹きわたるさわやかな潮風の中に、マルコの静かな声がはためいた。

「温情を裏切り、愛情を裏切り、俺たちの大切なおやじさんを殺したイシュトヴァーンに血の負債を負わせねばならない」

第三話　ワルスタット解放

1

「マルーク・グイン！」

「マルーク、マルーク！」

「グイン、グイン！」

　馬蹄が土を蹴立てて走る。アウルス・アラン率いる二十騎のアンテーヌ騎士が、一挙にワルスタット城になだれ込む。

　守備隊は大混乱だった。もともと浮き足立っていたところへ、豹頭王グインその人が、その金剛力を発揮して落とし格子を持ち上げてしまったのである。土煙が渦を巻き、馬のいななきがあたりを圧する。

「格子をあげよ！」

「はっ！」

騎士のひとりが走って城門のかげに消え、やがてがらがらと鎖が鳴って、ゆっくりと格子がきしみながら持ち上げられる。解放されたグィンは水から上がったようにぶるっと全身を震わせた。にじみ出た汗が飛び散り、グィンは目をしばたたいた。

「無用の争いはするな！　武器をおけ！」

「陛下、ご無事ですか！」

駆け入ってきたアウロラが呼びかける。グィンは無造作にうなずくと、頭を上げて吠えた。

「手向かいせぬものに手は出さぬ！　いらぬ争いをして、怪我をするな！」

守備隊のほうは完全に腰が引けていた。とつぜん現れた騎馬隊に加えて、何よりも豹頭王グィンに剣を向けているという事態そのものが彼らをとまどわせていた。

及び腰でじりじりと後ずさりつつも、囲みを解こうとしない兵士たちに、アラン率いる騎馬隊が駆け入って蹴散らす。気張って飛びかかってくるものに対しては容赦なく剣でうちのめす。

グィンは一歩前に出て、剣のひらで薙ぐように周囲を払った。あたりにいた兵士たちが一撃で藁のように吹き飛ぶ。ひらで打ち据えられただけでも骨が折れ、意気は砕ける。壁へ地面へ叩きつけられ、うめき声や悲鳴があちこちであがった。

奥へ進むのといっしょに、守備隊はじりじりと後へ下がっていく。アランと騎士たちは馬を降り、グインのまわりに集まった。アウロラも同じく剣を抜いて後に従う。

「アウロラ、ほかのものと一緒に城壁の上へ行ってリギアを助けてやってくれ。俺の知り人なのだ。頼む」

アウロラはうなずいてすばやく向きを変え、駆け出していった。

「姉上と子供らはどこだ！」

アランが高い声で詰問する。

「言え！　私はアンテーヌのアウルス・アラン伯爵、アクテ夫人の弟だ！　姉上はどこにいる。姉と話させてもらおう。どこにいる！」

「ろ、狼藉は、どうぞ、おやめくださいまし」

階段の上から背中を丸めたグスト男爵が姿を見せた。額に大粒の脂汗がわき、顔色は青いのを通り越してどす黒くなっている。

「アクテ様は、その、ご病気でいらっしゃいまして、このような、その、さわぎを起こされましては、アクテ様のお身にも」

グインのトパーズ色の瞳の一瞥を受けて、グスト男爵はひいっと声をもらしてちぢみ上がった。

「アクテ夫人を出してもらおう」

静かにグインは言い切った。

「すべてはそれからの話だ。アクテ夫人とわれわれとを会見させ、彼女の口から真実を話していただこう。なにも俺は難しいことを言っているわけではない。ただ、アクテ夫人をここに連れてくる、それだけのことがなぜできないのだ」

「そ、それは、それは――」

「陛下！」

びんと腹に響く声がした。表のほうから、完全に武装をととのえた騎士ウィルギスが、重々しい足音を立てて歩み入ってきた。

「陛下。不遜ながらこのウィルギス、陛下にお手向かいいたします」

剣を向けてかまえる。

「ほう」グインは向き直り、剣を取りなおした。

「俺に剣を向けるか。それは王に対する反逆と知ってのことか」

「むろんです。私はケイロニアの民でありますが、同時に、ディモス様の臣でもあります。主人の命令にそむくことはできませぬ」

「よい覚悟だ。来るがいい」

「御免！」

剣を抜き放つが早いか、一気にウィルギスは突っ込んできた。グインはすばやく飛びすさって一撃を受け止め、横に流して相手の剣を払った。続けて横から切り込んできた剣をはじき返し、剣の柄でウィルギスの頭を殴った。
ウィルギスはぐらついたが必死に耐え、かけ声をかけて下から剣を突きあげた。グイ
ンは一歩下がってその攻撃を外し、二度、三度と体を開いて斬撃を避けた。しゃにむに
突っ込んでくるウィルギスをふところに抱き込むようにすると、低めに持っていた剣を
斜めに振り上げ、剣のひらで殴り飛ばすようにウィルギスの胴体を叩いた。
ウィルギスは人形のように吹っ飛んだ。ガシャンと音を立てて倒れ、起き上がろうと
むなしくあがいたが、身体が動かず、どうにもできない。大股に歩いていったグインは、
あっさりとウィルギスのかぶとをつかみ取って横に放り投げ、ぴたりと剣を喉元にさし
つけた。
「さあ、どうする。降参か」
ウィルギスは蒼白な顔でつきつけられた剣先を見つめていたが、やがてがっくりとう
なだれ、「参りました」と一言呟いた。
「豹頭王陛下にお手向かいして生きていようとは思いませぬ。今すぐにこの命、おとり
下されたい」
「無駄な殺生は好まぬ。おまえとて主人への忠誠から剣をとったのだろう。俺はあくま
でアクテ夫人が心配なだけだ。なぜそれほどまでに、夫人を出すまいとする。やはり夫
人は監禁されているのか。なぜ？　誰の命令だ？」

「きさま！」と歯をむき出した。グスト男爵が、両手を揉みしぼりながら階段の途中で死人のような顔をして立っていた。

おろおろとした声が割って入った。口を開けかけていたウィルギスは上を向き、

「ディモス様でございます。ディモス様のご命令で、アクテ様とお子様がたは、ご自身の寝室にずっと閉じこめられていらっしゃいます……その、ディモス様というか、ディモス様のご命令を伝えていらっしゃった方のおさしずで――」

「ディモス様でございます」

「それは……」

「グスト男爵、きさま、ディモス様を裏切るのか！」

吠えたウィルギスに、グスト男爵はびくっと首をちぢめたが、グインは冷静に、

「ディモスの命令を伝えてきたものがいるというのか。その奴は？」

「ラカント、といっていたわ」

後ろから声がした。アウロラに支えられたリギアがやってくるところだった。髪の毛が焦げ、あちこちにすすがつき、ほおを青黒く腫らして唇も切れているが、瞳は不敵に輝いている。

「リギア、無事か？」

「大丈夫よ。なんとかかね」

髪をかき上げようとして、両手が血まみれになっているのに気づき、とまどったように手を下ろした。

「さっきあなたを城壁の上から弩で狙おうとしていたわ、その男。あたしが組みついたら怒鳴って逃げていったけど、そういえば、どこにいるのかしら。姿が見えないわね」

「兵士に襲われていたが、怪我はしていないのか」

「グインたちが突入してきたらみんな肝を潰して逃げちゃったわ。このお嬢さんもよく働いてくれたし」

アウロラに微笑みかける。アウロラはうっすらとほおを染めた。

「それより、アクテ夫人を早く助け出してあげて。離れの小塔の上に、お子さんたちといっしょに監禁されているのよ。あたしはそこから抜け出してきて、城壁の上にいたの。なぜあたしがここにいるのかを説明するのは、長くなるからあとでいいわ」

「わかった。……聞いたか。皆」

グインは大喝した。

「アクテ夫人のところへ俺たちを連れてゆけ。すぐにだ。高貴の女人をこれ以上ゆえなきとらわれの身としておくわけにはいかぬ」

グスト男爵が肩をすぼめながらおどおどと降りてきた。ウィルギスはまだ動けないまま横たわっていたが、グインの指示で、兵士の数名が近づいてきて彼を助け起こした。

「リギアはその傷の手当てをしてくるがいい。痛むだろう」

「こんなの、平気だわ。それより、たぶんマリウスと、あたしの連れのワルド城にいたケイロニア騎士たちも閉じこめられていると思うの。彼らも解放してやって。どこにいるかはわからないけど、たぶん、そこの城代さんに訊けばわかるでしょ」

「かかわりのない人々までも監禁していたというのか！」

アランが怒りの声をあげると、グスト男爵はいよいよちぢみ上がり、口の中で何事かぶつぶつと呟いたが、アランがさらに怒って詰め寄ると、ひとたまりもなく降参して、先に立って階段を上がり始めた。

「傷を負ったものは手当てをしてやれ。ほかのものはその場で待機するように」

グインがそう言い残してグスト男爵のあとに続くと、アランとアウロラがあとについてきた。アンテーヌ騎士のうち五名ほどが守備隊の監視と、武装解除のためにあとに残ったが、あとはアランといっしょに上がってきた。

「カリス、ルカス、それにあと三人ほどは、捕らわれているという吟遊詩人マリウスと、それからケイロニア騎士たちを探してくれ。見つけたら、われわれのところに連れてくるように」

ワルスタット城はケイロニア婦人の理想と言われるアクテ夫人が切り盛りする場所で

あるというわりに、奇妙に寒々しい場所になっていた。下働きのものがおっかなびっくり顔をのぞかせるくらいで、ほとんど人の姿がない。壁に松明が規則正しく燃えているくらいで、城内はひっそりと静まりかえっている。

「リギア。おまえはなぜ、こんなところにいたのだ」

「あたしたち、ワルド城を出てサイロンへ上るところだったんだけど、その途中で、ウィルギス――あなたがさっき戦ったあの騎士だけど――の警邏隊に出会って、ワルスタット城に入ったの。はじめはもてなしてくれるみたいだったんだけど、食事に薬を盛られて、気がついたら閉じこめられてたわ。

あたしは、なんとか窓から抜け出して、出口を探して歩いているうちに、アクテ夫人が歌っていらした子守歌が耳に入って、それで、夫人のところへ行ったの」

「アクテ夫人と話をしたのか」

「ええ。いったいなぜ、ディモス様がこんなことをさせるのかわからないって、泣いてらしたわ。お子さまたちはみんな、とてもしっかりしていらしたけど、でも、やはり疲れてらっしゃるみたいだった。一刻も早く、お出し申し上げたほうがいい」

城内を通りぬけ、小塔へと通じる通路へとたどりついた。グスト男爵は腰から鍵束を取りだすと、震える手で、選り分け、鍵を二つ取りだして、一つを鍵穴に差し込んだ。扉が開くと、細い通路が延び、その奥に、もうひとつ両開きの大きな扉がある。グスト男爵はちょこちょこと進んで、もうひとつの鍵を差し込み、まわして、ゆっくりと扉を引き開けた。

中ではアクテ夫人が、子供たちを後ろにかばい、蒼白な顔をして立っていた。

「姉上！」

アランが声をあげて前に飛びだし、とびつくようにして姉を抱擁した。一瞬呆然としていた夫人も、「アラン？　アランなの？」と叫ぶと、両腕を弟に回し、どっと泣き崩れた。子供たちは折り重なるようにしてアランにしがみつき、小さな子は母といっしょになって声をあげて泣き出した。やはり監禁という異常な状況は、子供にとって大きな負担となっていたようだった。

「ああ、アラン！　アラン！」涙ながらに夫人は弟の顔をなぞった。

「あなたの顔を見ることができて、どんなにほっとしたことか！　今日はどうなるのか、明日はどうなるのか、あさっては、その次はと思いつづけて、一日も気の休まるときはありませんでしたよ！　子供たちはどうなるのか、ディモス様は何を考えておられるのかと、ただもうそればかりを思い悩んで！　あなたをここに送ってくださったヤーンよ、感謝いたします！」

「感謝せねばならないお方はもうひとりおられますよ、姉上」

泣き伏すアクテをやさしく肩から引き離し、戸口のほうへ目を向けさせる。そこに立っている巨軀の持ち主を一目見たとたん、夫人はひゅっと息を吸い込んで、その場に崩れるように座りこんだ。

「グィン陛下！」

悲鳴のように声を絞る。

「まあ、どうしましょう、わたくし、こんなお恥ずかしいところを……ああ、お許しくださいませ、陛下、お見苦しいところをお見せいたしました。弟の顔を見てすっかり取り乱しまして、まことに申しわけございません……これ、子供たち、グィン陛下にご挨拶をなさい。どうしましょう、こんな姿で、陛下にお目にかかるなどと」

「いや、よいのだ。気にせんでくれ、アクテ夫人」

苦笑いしながらグィンは手を振ってなだめた。

「俺はただ、ある人物からあなたが監禁されているとの情報を得て、放っておけずに駆けつけたというだけのことだ。急場なのだから、姿など何も気にすることはない。とにかく、子供らともども無事でよかったと、今はそれだけで十分だ」

「過分なお言葉をいただきまして……」

「さあ、そんなことより、今はここを出て身づくろいもしたかろう。人を呼ぶゆえ、着替えなり、湯あみなり、気の済むようにするとよい。われわれがいるからには、もう閉じこめるような真似はさせぬ」

まだ興奮のさめやらぬようすの夫人のもとになだめ役としてアランを残し、下にもどる。すっかり怯えあがっているグスト男爵の手により、城の大食堂に火が焚かれ、椅子と飲み物が運ばれて、グインとアウロラが落ちつくと、そこへ、傷の手当てを終えたリギアが合流した。傷を洗って冷やし、髪の毛もとかして、かなりましな姿になっている。

「アクテ様はご無事だった？」

「ああ。子供らもな。今はアランが落ちつかせているところだ」

「よかった」

三人が言葉少なに火にあたり、飲み物を口にしていると、戸口のほうからあっという声と、「グイン！」という叫び声がして、誰かがよろよろと走り寄ってきて、グインにしがみついた。

「グイン、グイン、グイン！　本当にグインだ！　やっぱり僕たち、切っても切れない縁があるんだねえ！　僕が困ったときにはいつでも、絶対にグインが助けに来てくれるって、僕信じてたよ、グイン！」

「マリウス」

苦笑しながらグインはマリウスを引き離して立たせた。

「どうやらまた災難に巻き込まれていたようだな」

「本当だよ！　僕はなんにも悪いことしてないのに、急に部屋に閉じこめられたと思ったら、乱暴な兵士に連れ出されて変なところに放り出されてさ。いったい何が起こったかもわかってないのに」

騒ぎ立てるマリウスのあとから、ぞろぞろと十名ほどの騎士たちが現れて、そろってグインの前に膝をついた。

「陛下」ブロンが代表して口を開いた。

「このような姿をお目にかけることになり、面目次第もございません」

「なぜ謝る？　おまえたちが悪いわけではなかろうに」

「おめおめと捕らえられるという恥を受けました」

「しかしここは敵地ではない。ワルスタット城はケイロニアの一部であり、十二侯領のひとつであり、夢にも敵になろうとは考えられない場所だ。そのような場所で、ケイロニアの騎士であるおまえたちが襲撃をうけたということは、王である俺の器量が足らなかったということだ。俺こそ、おまえたちにあやまらねばならん。すまなかった」グインは頭を垂れた。

「そのような！　どうぞ、お顔をお上げください、陛下、そのようなことをされてはわれらケイロニア騎士、身の置き所がありません」

「そのようなことより、おまえたち、リギアに感謝したほうがよいぞ。彼女は単身、監禁された部屋から脱出して、アクテ夫人のもとまでたどりついてみせたのだからな」

「リギア殿」

　ブロンはまぶしげにリギアを見上げた。

「ただならぬ女人とは存じあげていましたが、やはり、あなたは女聖騎士伯にふさわしいお方ですね」

「ありがとう、ブロン、でもあたしもこのありさまじゃあんまり威張れたものじゃないわね。アクテ様を助け出すのも、結局、アラン様とグイン陛下が来てくれなければどうにもできなかったわけだし」

「アクテ夫人？」

　ブロンは目を細めた。

「ではやはり、何らかの陰謀がこの城では行われていたのですね。どこぞの国の手のものがもぐり込んででもおりましたか」

「そのあたりはまだどうだかわからん。だが、これから糾明してみるつもりではある。ブロン、おまえは、パロにいたときワルスタット侯ディモスに会ったことはあるか」

「ディモス様……ですか」

　ブロンは面食らったようすで、

「練兵のおりなどに臨席されるのを遠くから見たことは何度かございますが、会った、と言えるほどのことは、なにも。温厚篤実、たいそう夫人と家族を大切にしていらっしやる人格者でおられる、とは伺っておりますが」

「温厚篤実。そうだな。俺もそう思う」

グインは頭をかたむけて考え込んだ。

「アクテ夫人を監禁したのはディモスの命令だという。しかし、俺も知っているあのディモスが、そんなことをするとは考えられん。考えられるとしたら、その、命令を伝えてきたという男……」

「ラカントよ」

「ラカント、そうだ、その男がディモスの命令を装って人々を操ったのか、それとも、ディモス自身が何者かに操られでもして、夫人を監禁するという挙に出たのか……」

「そのようなことがあるものでしょうか。これまでのディモス様ではあり得ない行動となりますが」

「そう思うのも仕方がないが、俺は、魔道師によって人が操られ、人格を変貌させていくのを何度も見てきたのだ。もしこのディモスの行動のかげに魔道師がいるのであれば、けっして考えられないことではない。ましてや今、ディモスはクリスタルにいる。竜頭兵のはびこる、竜王の魔道に支配されたクリスタルにだ」

「あれだけの破壊の中で、ディモス様が生きているとは思われませんが」

「ディモスは無事だ。ササイドン会議にも所信を送ってきたし、オクタヴィア女帝の即位式にもきちんと出席している。パロの災厄など、一言も口にしなかったそうだ」

「なんと……」

ブロンもリギアも、マリウスも言葉を失った。

「あれだけの破壊と殺戮の中で、なにごともなかったような顔をしていたですって？　あり得ないわ」

「もし、あり得るとすれば……」注意深くブロンがいった。

「それは……竜王の魔道の影響下に取り込まれていたから、ですか」

重苦しい沈黙がただよった。パロの惨状を知らないアウロラは眉をひそめて一同の話を聞いている。

「私が口をはさむことではないかもしれませんが――」と口を開いた。

「ワルスタット侯が竜王の魔道に捕らわれているとしたら、それは大変なことだと思います。ケイロニアの国事の中枢に竜王の魔の手が入り込むということですもの。一刻も早く、真相を確かめねばなりませんね」

人声がして、扉が開いた。湯あみをし、衣服をととのえたアクテ夫人が、しずしずと入ってきた。あとからアランが保護者然として続いてくる。夫人はあらためてグイン王に淑女の礼をとった。

「気分はよくなったか」

「はい、おかげさまで。子供たちは一足先に休ませました。やはり疲れていたのでございましょう、ぐっすり眠っております」

　母親らしく夫人は顔をほころばせた。

「陛下、お助けいただいたことに、あらためて感謝申し上げます。もしもずっとこのままならば、自害も含めて考えなければならぬかと思い詰めておりました。子供たちともども無事にここにこうしておりますのは、陛下の御陰でございます」

「俺ばかりのしわざではない。アランも姉を救ったのだぞ」

「わかっております。けれども、もし陛下がいらっしゃらなければ、これほど簡単には救い出せなかっただろうと、先ほども弟と話していたところでございます」

「それは謙遜がすぎるのではないかな、アランよ」

　アランに目を移して、グインは微笑した。

「おまえとて姉を救うために、長駆アンテーヌからこのワルスタットまでやってきたのだ。その働きを無視することはできまい」

「私の苦労など、陛下の剛勇に比べたら吹けば飛ぶようなものです」

　アランは秀麗な顔をうつむけて決まり悪そうに笑った。

「あの落とし格子を受け止められたときは、心臓が止まるかと思いました。あのような剛力を見せられたあとで、自分の功績を語ろうとは思いません」

「ふむ、それほどに、言われることでもないのだが。……さて、アクテ夫人、そなたも疲れているだろうが、何があったか、話してもらえるだろうか」

「ええ、わかりました」

アクテ夫人は運ばれてきた椅子に腰をおろした。グインはマリウスとブロンたちケイロニア騎士にひとまず休むように言ってさがらせ、リギアにも、休むように告げたが、彼女はアクテ夫人の話に自分も登場するからと、しいてこの場に残った。新しい熱いロモ茶が運ばれてきて、かるい焼き菓子の皿がまわされた。

「あれはひと月ほど前でしたでしょうか。城に、ラカント伯と称する男が現れたのです。ラカント伯は、夫の——ワルスタット侯ディモスの印章入り指輪を所持しており、加えて、夫の自筆の命令書を出してみせました。わたくしと、子供たちを監禁し、城の外へ出してはならぬという命令書でした」

「……」

「わたくしは抗議しましたが、ラカント伯は夫に——ディモス様に絶対に忠実なウィルギスを抱き込み、わたくしと子供たちを東の小塔へ閉じこめさせてしまいました。それからずっと、陛下とアランが助けに来てくださるまで、捕らわれたままでいたのです——ああ、リギア様、あなた様も」

かたわらにすわるリギアの手をそっと握る。

「わたくしのために、ずいぶん危険を冒してくださいましたのね。あなたにも、お礼を申し上げねばなりません。ありがとうございます。あなたのような、勇敢な女の方ははじめてですわ」

「はしたない女だと言われるかと思っておりましたけれど」

リギアは笑い、夫人の手をさすり返した。

「その印章指輪というのは本物だったのか。また、その命令書というのも」

「間違いありませんでした。印章指輪もですし、命令書の筆跡も、確かに見慣れた夫のものに間違いございませんでした。もし、違っていれば、わたくしもですけれど、あのヴィルギスは決して従わなかったことでしょう。わたくしはもうどうしてよいかわからず、あえて抵抗すれば子供たちに危害がおよぶと脅されて、せんかたなく指示に従ったのでございます」

「義兄上……」

アランは唇をかんでうなだれた。きっと顔を上げて、

「そのラカントという男は、アンテーヌにも参りました」

ときっぱりした口調で続けた。

「やはり義兄の——ワルスタット侯の印章指輪を所持しており——また、言うも不敬ながら、自分、ワルスタット侯ディモスをケイロニア皇帝の座につけるよう、アンテーヌ

に後押しを求める書状を持ってまいりました」

リギアとアウロラがびくっとした。

「なんですって」

アクテが恐ろしそうに口に手を当てた。

「ケイロニア皇帝の座？　ディモス様が？　そんなことを、あの方が……いったいどうしてしまったのです、ディモス様？　それは――それでは……反逆です！」

「私にも、義兄はどうかしてしまったとしか思えません」

悔しげにアランはうなだれた。

「もちろん、父ははじめは受け入れなどしませんでしたが、姉上、あなたのことを持ち出されて、脅すような口をきかれたので……陛下、お許しください、父は、いっとき奴をあざむくために同盟すると見せかけましたが、その一方で、私をこうして姉を救うために派遣いたしました。父にケイロニアへの叛意などないことは、私がよく存じております。問題はその、ラカントという男です。どうやらアンテーヌ、ワルスタットと、間諜として暗躍しているのがこの男のようです」

「ロンザニアの黒鉄の値上げ問題にも、何やら暗躍していた人間がいるときく」

うなずきながらグインは呟いた。

「あるいはそれも、このラカントという男であったのかもしれんな。だが、ディモスの印章指輪と、直筆の手紙を所持していたとなると……やはり、ディモスにも何らかの関わりはあると見なければならんか」

アランとアクテは二人ともうつむいて、アクテはきつく両手を握り合わせ、アランは白くなるほど唇をかみしめていた。夫が、あるいは義兄が、突然に別人としか思われぬように変わってしまったことへのとまどいと不安が、黒雲のように二人にまつわりつくかに見えた。

2

「そのラカントという男、城内にはいないのか」

「逃げてしまったようです」

　腹立たしげにアランが答えた。

「守備隊の武装を解除したあと、くまなく城内を捜索したのですが、見つけることができませんでした。どうやら形勢不利と見て、一目散に逃げ出したようです。まさか豹頭王陛下がこの地にあらわれるなどと、思ってもいなかったのでしょう」

「うむ。まあそんなところだろう。俺に矢を射かけようとしてリギアに邪魔されてから、ここにとどまっていては危険だという考えくらいはすぐに働いたろうからな。捜索隊を出せるか、アラン」

「僭越ながら、すでに配下のもの数名に命じて周囲を捜索させています。しかし、もし奴に頭があるとしたら、長いあいだこのあたりには留まっていないでしょうね」

「どのような男だったのだ、アクテ夫人？」

「どのような、と申しますか」夫人は少し考えるようにして首をかしげ、

「のっぺりとした、貴族風の……特にこれといった特徴のない顔というか、黒い髪で、それなりに整った容貌だったように思います。たいそう丁寧な口をききましたが、それがまたいやらしくて、わたくし、身震いが出るほどいやでした」

「どこかの顕著ななまりがあるとかいうことは？」

「さあ……わたくしには、どうにも。気がつくほどのものはなかったように思います。きちんとした公用語を話しておりましたと思いますわ」

「特徴がない、か。困ったわね。まあ、間諜としてはそうあるべきなのかもしれないけど」リギアがため息をついた。

　扉を叩く音がした。「はいれ」とグインが答えると、扉が開き、グスト男爵が、おどおどと背中を曲げて立っていた。

「あの、騎士ウィルギスを連れてまいりました」

「こちらへ連れて入ってくれ」

　びっくりしてグインを見つめる一同に、グインはうなずきかけた。

「ウィルギスの話も聞いておきたいのだ。その、ラカントという男と直接話したひとりだからな」ウィルギスが無表情に室内へ入ってくるのを見ながら、

「それに、俺とああも真正面から渡り合おうとした意気も買いたい」

　ウィルギスは頭に白い布を巻き、裸の上半身も布で半分以上巻かれていた。両腕を後ろ側にいましめられている。動くと痛みが走るらしく、一歩動くごとにわずかに身をこわばらせている。グインに打ちすえられた傷はかなりのものらしいが、全体的には、痛みをよくこらえているといえた。

「ウィルギス、というそうだな」

　彼が前に引き据えられると、グインは静かに言った。

「おまえが主人への忠誠から俺に剣を向けたのはわかっている。ワルスタットの騎士として当然の行いだと思う。だから、その事に関してはもうよい。ただ、おまえに命令を下していたラカントという男、ひいては、それを操っていたと思われるディモスについて、話を聞かせてもらいたいのだ」

　ディモス、という名前を聞いたとたん、雷にうたれたようにウィルギスの背中が震えた。彼は苦しげな喘鳴（ぜんめい）をもらし、深々と頭を垂れた。面も向けられぬ、といったようすのウィルギスに、トパーズの瞳がまっすぐに注がれた。

「アクテ夫人、このウィルギスは、ご家中にとってどんな男だった」

「ワルスタットの騎士の筆頭にして、夫ディモスの片腕でしたわ。夫を神のように敬愛していて、その命令に背いたことは一度もありません。わたくしも心の底から信頼しておりました。だからこそ」と夫人は声を震わせて、

「だからこそ、ウィルギスがわたくしを閉じこめようとしたとき、絶望したのです。ウィルギス、ディモス様の命令にあなたが背かないのは知っています。でも、明らかにおかしな命令にも、従わなければならぬと考えるほどあなたは愚かではないはず。どうしてあのような無茶な命令に従ったりしたのです」

ウィルギスは頑固に沈黙を守っていた。

「ウィルギス」グインが呼びかけた。

「ウィルギス。どうだ。答えてくれんか」

「――命を、おとりくださいませ」

ようやく口を開いたウィルギスから出たのは、そんな言葉だった。

「主の命にそむくことはできません。また、ケイロニアの民として、神聖不可侵たる豹頭王陛下のおん身に剣を向けました。死を賜るのが当然かと存じます」

「だから、そのことはもういいと言っているだろう。俺はラカントと、ディモスについての話をおまえに聞きたいのだ」

「お話しできません」

「ウィルギス！」非難するようにアクテ夫人が叫んだ。それを制して、

「ウィルギス」と静かにアランが呼びかけた。

「ウィルギス。私はディモス殿の義弟、アンテーヌのアウルス・アラン伯爵だ。ひょっ

として、ウィルギス、ラカントは、ディモス殿の言葉として、ケイロニアの帝位を狙うという意志をそなたに示したのではないか？」

その言葉が発された瞬間、ウィルギスのほおにわずかなけいれんが走った。

あくまでうなだれたまま沈黙するウィルギスに、アランは声を励まして、

「主の叛意を口にできぬと思っているのであれば、そのことは、すでに私が豹頭王陛下にお伝えしている。ラカントはわがアンテーヌにも姿を見せ、姉上と子供らの身を質にとって、ワルスタット侯を帝位に推すという言質をとろうと働きかけてきたのだ。ディモス義兄上になにがあったのか、私は知らぬ。しかし、これまでの義兄上であれば考えられなかったようなことを、義兄上はしようとしている。もし主を思うのであれば、主人のために、起こっていることをみな包み隠さず陛下にお話しするのがよいのではないか。それでこそ真の忠臣の道ではないかと、私は思う」

かたくなにウィルギスは顔をそむけた。

「ウィルギス、頼む」

緊張した時間が続いた。石化したようなウィルギスの肩がじょじょに震えはじめ、やがてがっくりと崩れた。その場にくずおれたウィルギスは頭を床について静かにすすり泣き始めた。

「ウィルギス」グインはおだやかに語りかけた。

「ウィルギス。俺はおまえを責めはしない。また、ディモスのことも一方的に悪く思うつもりもない。ただ、あったことを話してくれればそれでよいのだ。あるいはそのラカントという男の正体が知れれば、ディモスにかけられた疑いも晴れるかもしれん。話してくれ。ラカントのことを」

「お許しください」

ウィルギスはとぎれとぎれに言った。

「私は陛下に反逆いたしました。主の叛意を知りつつ、それに加担したのです。はじめは信じられませんでした。あのディモス様が、そのようなだいそれた望みを起こされるなどと……しかし、あのラカントという男が見せた印章指輪と、間違いなくディモス様の筆跡の手紙……私は追いつめられました。忠誠を守れば祖国に反逆する、祖国を守れば主に背くことになる……一時はラカントと刺し違えても、主の心得違いをお諫めしようと考えもしましたが、しかし……」

「しかし？」

「お笑いください、ラカントめの甘言が、私の心をしだいにむしばんでいったのでございます。奴は、畏れ多いことながら、豹頭王陛下に帝室の血が流れておられないことを理由に、王陛下がオクタヴィア陛下を傀儡にして、ケイロニアの主権をわが物にしていると讒言いたしました。そして、そもそもオクタヴィア陛下は妾腹の皇女であり、正統の皇女ではないのだから、大帝家の正統なる血筋はもはや絶えたも同然。いずれ帝室の血ももたないよそ者の――どうぞお許しください――異形の豹人に牛耳られるような宮廷であるならば、いっそ十二選帝侯のうちから、あらたな皇帝が立つべきだと、繰り返し私に吹き込んだのでございます」

アクテ夫人が小さな悲鳴をもらした。ウィルギスは絞り出すように、

「はじめは私も聞く耳を持ちませんでした。しかし、何度もしつこく聞かされるうちに、しだいに、皇帝として立つディモス様の姿が頭を離れなくなってきたのです――そのようなこと、考えるだけでも不遜と払いのけるたびに、まるで催眠にかけられたように舞い戻ってきて、私を苦しめました。男として、皇帝となった主に仕えるほど栄光に満ちた道はないのではないか、という気持ちにとりつかれて、ささやきかける自らの心にあらがいきれなくなりました。アクテ様やお子様がたを閉じこめるのは、そのために必要なことなのだと……何より、ディモス様自身のお指図だとささやかれて、抵抗しきれず、従ってしまいました」

がっくりとウィルギスは肩を落とした。

「一度従ってしまったら、あとはどうすることもできませず……アクテ様、どうぞ私をお許しくださいますな。臣下の身でありながら、主の奥方に対して許しがたい扱いをあえてし、お子様がたに対しても申し訳の立たぬことをしました。私は生きていてはなら

ぬ身です。どうぞ命をお取りください、さもなくば、自害のお許しをくださいませ」

「あなたは子供たちにとって、常に頼りになる身近な側居役でした」

声を詰まらせながらアクテ夫人は言った。

「そんなあなたに自害など、認めることはできません」

「死ぬよりも、いま窮地にあるワルスタット侯家に仕えることのほうが大事だとは思わんか」グインが声を強くした。

「ディモスの思惑はわからんが、いまワルスタット侯家が災厄に巻き込まれていることは間違いない。自分の恥よりも、主家の危機を優先するのが臣として正しい道ではないのか」

「陛下は厳しい道を私にとれとおっしゃいますか」

「そうだ、命ずる。おまえは俺に剣を向けた。よってその代償に、アクテ夫人と子供らを今後も変わりなく護り、主の代わりとして奉じるのだ。ディモスの件については、俺が調べる。おまえはその間、夫人と子供ら、ワルスタット侯家を、守護していくがいい」

ウィルギスはがっくりと肩を落としてその場にうずくまった。垂れた髪の毛のあいだから光るものが落ち、すすり泣きが漏れた。

「ディモス様のことは、どうぞ、陛下……」

「ディモスが帝位を望んでいるということの真偽はまだわからぬ。アンテーヌによこされた書状と、ラカントなる間諜の言葉があるばかりだ。俺は、自らクリスタルへ赴き、ディモスに直接会ってことのしだいを問いただしたいと思う」

「グイン！」

リギアがたえかねたように叫んだ。

「危険だわ。クリスタルにはまだ、竜頭兵たちがうろうろしているかもしれないのよ」

「しかし、ディモスはそんな状況でも何事もないように書状を出し、サイロンまで往来している。そのことを考えても奇妙なことだ。あるいはここにも竜王の魔道が働き、ケイロニアの中枢にもぐり込もうとしているのだとしたら、俺はそれを放っておくわけには行かぬ」

「陛下、危ういことはどうぞおやめくださいまし」

アクテ夫人もおろおろしてとりすがった。

「夫の真意は気にかかりますが、それより、御身の安全が大事です。わたくしどもをお救いいただいただけで、身に余る光栄でございます。サイロンにお戻りになって、ひとまず側近の方々とお話しくださいませ。わたくしどもは、覚悟はできております」

「覚悟とは、なんの覚悟かな、アクテ夫人」

「叛逆者の家族としての覚悟ですわ。夫は、何があったのかは存じませんが、ケイロニアに対して許しがたい叛意を抱いております。わたくしどもはその家族として、応分の扱いを受けねばなりません」

ウィルギスが何か叫び声を上げて起き上がろうとしたが、グインはそれを抑え、

「俺はそのようなことをする気はない。ひとまず、夫人と子供たちはサイロンにひきとりたいと思うが、それはあくまで保護のためであって、罪におとすためではない。俺はディモスという男を知っている。俺の知るディモスは、何があってもそのようなだいそれた野望を抱く男ではない。おそらく何らかの闇の力が働いているのだ。俺はそれを確かめたい」

夜の街道をいっさんに駆けていく一騎の騎馬があった。マントのフードを深くおろし、馬の首にしがみつくようにしてとばしているのは、ほかならぬラカントであった。

(なぜこんなところに豹頭王が現れるのだ！)

呪いの声をあげたかった。すべてはうまくいっていると思ったのだ。ロンザニアではしくじったがアンテーヌの工作では無事に老アウルス・フェロンを抱き込むことに成功し、ワルスタット侯を帝位に推すという密約を取り付けることができた。兵力の細則も取り交わし、これで足固めは十分と、人質の確認のつもりでワルスタットへ足を向けたところであったのだ。

だが、そこで、完全に計算は狂った。なぜか姿を現したパロの聖騎士伯と王位継承者という闖入者に始まり、その邪魔者の始末にも手をつけられないうちに、門前に豹頭王グインその人と、アウルス・フェロンの息子アウルス・アラン率いる騎士たちが出現したのである。

ラカントは混乱した。サイロンにいるはずの豹頭王がなぜこんなところに姿を現すのか？　加えて、アンテーヌの騎士たちがワルスタットを急襲したのは何ゆえか？　アウルス・フェロンは条約に賛同したのではなかったのか？

ラカントにはアウロス・フェロンとアランの父子のあいだで交わされたひそやかな指示などうかがうべくもなかった。あるいは、息子のアランが父の弱腰に怒って単独で姉を取り戻しに来たのかとも疑ってみたが、そうであるにしても正規のアンテーヌ騎士をつれて攻め寄せたのは解せない。

その上に、グイン王の存在がある。どうして解ったのだ？　アクテ夫人の監禁のことは、アンテーヌでの会見以外外部にはもらしていないはずだ。どうやって豹頭王の耳に入った？　また、なぜ豹頭王が自ら乗り出してくるようなことになったのだ？　豹頭王はサイロンで、新女帝のもと新しい国の体制作りにかかりきりになっているのではなかったのか？

グインがベルデランドでシリウスを救い、またダナエでルシンダ侯妃にとりついた黒魔道の産物を払ったのもラカントの知らぬところである。そこでグラチウスよりアクテ夫人の窮地を知らされ、ワルスタットに急行したこともラカントは知らない。

（とにかくディモス様に知らせるのだ。アクテを救出されてしまってはおそらくアンテーヌとの同盟も期待できぬ。次の一手をディモス様より承らねば）

馬蹄の音が夜気をうってひびきわたる。

すでに鳥は飛ばしてある。急いでいきさつを記した手紙は翼にのってクリスタルのディモスのもとへ届くはずである。ラカント自身はひとまずアトキア侯領に入り、ワルド山脈沿いの開拓民の村にでも身を隠すつもりでいた。

（くそ。このようなところで終わってたまるか。俺はまだまだ死なんぞ。生き延びてつかみきれぬほどの富を、名誉を、力を手に入れてやるのだ。ディモス様が俺に約束したものをすべて。それでなければ誰がこのような企てになどのっているものか）

夜の街道は通るものもない。道脇の木々はざわざわと伸びあがり、脅すように枝をふって影を揺らめかす。したたる汗と馬具のぶつかる音、あらい息、そうしたものが蹄の音といっしょに入り乱れて、夜の空気をかきみだしていく。

（俺の弁舌にひっかからないやつなんぞいやしない。俺はどんな奴でもこの舌ひとつでまるめこんできた。だから今度もなんとかならないはずがない。豹頭王だろうが、なんだろうが、必ず俺は言い抜けてみせる）

いっさんに駆けていた馬がとつぜん急停止した。背中にしがみついていたラカントはあやうく背中から放り出されかけ、鞍からずり落ちるところで耐えた。前方の暗がりに、月明かりを受けて誰かが立っているのが見えた。

「誰だ？」

まさか、追っ手か――と、ひやりとしたものが背筋を走った。相手は答えない。くろいマントで全身を包み、フードに顔を隠して、うっそりとその場に佇んでいる。

「誰だ！　何者だ。俺になんの用だ！」

恐怖と疑念の両方から、ラカントは怒鳴った。月光のもとに無言で立ちつくす人影には異様な圧力があった。低い声がした。

「……わが主より――」

「なんだと？」

「わが主より、あなた様への伝言をお持ちいたしました」

「主だと？」

ラカントにとってその言葉が意味したのは、ディモスのことだった。肩の力がわずかに抜けた。相手の黒ずくめの格好はいまだにあやしかったが、ディモスがいるクリスタルは、魔道師の都であると聞いている。あるいはすでに鳥がついて、魔道師が伝言をよこしにきたのであろうという考えが頭をよぎった。

「主からの伝言だと。それは、どのようなものだ。聞こう。言え」

ラカントは馬をとどめて、ゆっくりと相手に向かって歩かせていった。すぐ側まで近づいたとき、黒衣の相手は、ふところから出した手を月光にかかげて見せた。ラカントはあっと声をもらした。そこには、首をひねられた鳥が、だらりと翼を下げてぶら下げられていた。脚には通信筒が、さわられた様子もなくついたままである。

「き——きさま！　なにをした！」

馬からとびおりてラカントがつかみかかろうとするやいなや、黒衣の男は鳥を宙に放り投げて、指をたてた。その指から一筋の光が走ってラカントをとらえた。かすかなじゅっという音がして、すでに、ラカントの姿はその場になかった。わずかな灰が散ったばかりで、地面には、かすかなすすのあとが残っていた。それ以外に、彼という人間がこの世にいた痕跡は残っていなかった。

馬がおびえたいななきをあげ、向きを変えて逃げ出した。

「豹頭王に知られた以上は、もはや不要」

いんいんとした声で呟き、男はふくみ笑った。

「ディモスもあの程度の男を使うとは見る目のない——だが、おかげで豹頭王があの方のもとにやってくる。そのことで、よしとせねばならぬか」

一瞬空気が揺らいだかと思うと、もはやそこには誰の姿もなく、ただ、無人の赤い街道の上に、月が青々と照っているばかりであった。

3

「まあ、陛下」あわてたようなアクテ夫人の声が響いた。

「どうしてそのような旅装などしていらっしゃるのです？　まさか、すぐ出立なさるというのではないでしょう。お疲れでもございましょうし、せめて一日二日、ワルスタットで休息していただけることと思っておりましたのに」

「別に疲れてはおらんし、ことは急を要するのでな」

　荷物を馬に縛りつけながら、グインは夫人を見返った。ワルスタット城の朝、グインは早朝から起き出したと思うと荷物をまとめ、厩(うまや)から馬を引き出したのである。小姓から話を聞きつけ、前庭に降りてきたアクテ夫人は、高貴な客人の思わぬ行動に驚いていた。

「そなたも夫のことが心配であろう。ディモスのことは一日も早く確かめねばならんことだ。ぐずぐずして日を費やしている暇はない」

「それは……そうでございますが、でも、こんなに急に」

「アクテ様のおっしゃるとおりです、陛下。せめて一日なりと、お体を休めておいでください」

アクテのあとからやってきたウィルギスも口を添えた。

「もはや陛下に剣を向けようというものはおりません。守備隊は全員武装を解かれ、謹慎しております。どうぞ無礼を償うためだけにでも城にとどまり、もてなしをお受けくださいませ。でなければわれらの面目が立ちません」

「どこまでもおぬしは騎士だな、ウィルギス」

勢い込んで言うウィルギスに笑みを向けて、グインは馬の腹帯を締め直した。

「その気持ちだけもらっておこう。ディモスの件は、ケイロニアの中枢にもかかわる出来事、ゆっくりしていることはできない。ようやく災厄から回復したばかりのサイロンに、またもや、竜王の魔の手を招くわけにはいかんのだ」

「グイン!?」

ひょいと城の胸壁から顔が突き出たかと思うとすぐに引っこみ、けたたましい足音が階段を下ってきた。マリウスは一晩眠るとすっかり元気を取り戻していて、茶色い巻き毛にきらきら光る目は陽光のもとで元気にはね踊っている。

「もう行っちゃうのかい、グイン？　少しぐらい、僕らといっしょにいればいいのに。この城の詮議だって、まだ済んでるわけじゃないんじゃないの？」

「いや、そのことはもういいのだ、マリウス」

胸にしがみつかんばかりにして言いつのるマリウスを見下ろして苦笑する。

「ワルスタット城の兵士については もう俺はとがめる気はない。アクテ夫人の安全さえ確認できればそれでいい。あとはアランにまかせるさ。そうだ、アランはどこだ？」

「呼ばせましょう」

使者が走らされ、アランがやってきた。起きたばかりで髪をくしゃくしゃにし、まぶしげに目を細めていた彼は、旅装をととのえたグインを見て目を丸くした。

「もう旅立たれるのですか、陛下？　数日はこの城にいらっしゃるものと思っておりましたのに」

「ディモスの件を放っておくわけにはいかんからな。……アラン、アクテ夫人と子供たちの件は、おまえにまかせる。守護してサイロンまで送ってやってくれ。残ったワルスタットの守備隊はその後、別命あるまで城を保持し、国境の守護に努めるように」

アランの顔が紅潮した。「承知しました」

「わたくしたち、サイロンにまいりますの？」

「あくまで保護のためだ。それ以上の意味はないぞ」

覚悟は決めていると言いつつも、心細げな顔をした夫人にグインはさとした。

「再度人質に取られるような事があってはならぬゆえ、事が収まるまでは一時サイロンかもしれんが、一時のことだ、我慢してくれとみなに言ってくれ」

「いえ、承知いたしました。叛逆をくわだてた者の妻子が首都にひきとられることは当然ですもの」

「そういうことではないというのに」

律儀な夫人にグインはほおをゆがめた。

「グイン？　もう出発するの？」

話し声を聞きつけたらしくリギアも降りてきた。クリスタルへ行ってディモスに会う、と聞くと、「そう……」と眉を曇らせ、

「クリスタルへ行くなら用心して、グイン」と厳しい顔をした。

「あの状態でしかもワルスタット侯が無事だというなら、確かにそこにはなんらかの魔道の介入があるのだとあたしも思う。でも、だからこそ気をつけて。竜王は、ヤンダル・ゾッグは、つい先日もサイロンに災厄を呼びよせてあなたを手に入れようとしたのでしょう。これだって、あなたを手に入れようとする第二の罠かも知れないわ。お願いだから、くれぐれも気をつけて」

「わかっている。気をつけよう」

「大丈夫だよ、だってグインだもの」マリウスが無責任に断言した。

「だって、そのサイロンの災厄ってのも結局グインが打ち破って、竜王を撃退したんだろ？　今度だってきっと、何があっても打ち負かせるさ」

「さあ、そう、うまくいけばいいのだがな」グインは苦笑した。

日が高くなる前に、グインは出立した。アクテ夫人とアランが見送った。

「陛下、やはり一度サイロンにお戻りになって、手勢を連れてゆかれたほうが」と夫人は最後に懇願した。

「心配をかけてすまんな、夫人。しかし、いまからサイロンへ戻ってまたクリスタルに向かうのは日数がかかりすぎる。やはり俺がひとりで行く方がいいのだ。アラン、姉君をよく見てやってくれ。リギアやマリウスのことも頼んだぞ」

「お任せください、陛下。どうぞ、くれぐれもお気をつけて」

ワルスタット城をあとに、グインは朝になってしだいに人通りのましてくる城下町を馬を急がせてぬけていった。ちょうど街のはしにさしかかるころになって、「陛下！」「陛下！　お待ちを！」という呼びかけが後ろから近づいてきた。手綱を引いて馬をとどめると、城のほうから、カリス、ルカス、そしてアウロラの三人が、馬に乗り、旅装をととのえて、矢のように駆けてくるところだった。

「私どもをおいてゆかれるとは情けのうございます、陛下」

ルカスが真っ先に言った。

「われわれは陛下の騎士にございます。陛下が危地におもむかれるとあらば、ともにゆくのがわれらのつとめ」

「おまえたちの任務はシルヴィアの探索だろう」グインはとまどって言った。

「俺はディモスに会いに行くのだ。シルヴィアの探索ならば、ほかに……」

「例の魔道師グラチウスは、シルヴィア様がパロにいる可能性を示唆しておりました」

アウロラが目をきらめかせた。

「シルヴィア様の探索者としては、どのような情報であっても精査してみなければなりません」

「なにより、竜王がクリスタルに手を出したということは、シルヴィア様がパロにいても平仄（ひょうそく）が合うとおっしゃったのは陛下です」

カリスがあとをつづけた。

「よって、われわれは陛下に付き従ってクリスタルへ参るべく、馬を飛ばしてまいりました。どうぞ、ともにパロまでお連れくださいませ」

「お連れくださらずとも、われら、勝手についてゆきますが」

ルカスが言って、にやりと笑った。グインはしばらく言葉につまっていたが、やがて額をなで上げ、吹き上がるように笑い始めた。

四人となった一行は一路赤い街道を南下し、ワルド城の近くで一夜を過ごしたあと、ワルド山脈へと入っていった。しだいに道が登りになり、樫やぶなといった木々があたりに枝をしげらせはじめる。左右から山の峠が迫ってきて、細くなる道を一列になって進む。覆いかぶさるような木立の影が道に落ち、赤いれんがの道を暗くする。

「陛下、伺ってよろしければ、ディモス様のことについて、陛下はどうお考えなのですか？」

馬を進めながら、カリスが思いきったように問いかけた。

それまでグインは無言で馬をすすめていたが、その時はじめて、目を光らせて同行者を顧みた。

「とにかく、本人に問いただすまでは、どう考えることもできまいと思っている」

太い声でグインは言った。

「俺の知っているディモスはケイロニアの帝位を望むような男ではない。誰よりも家庭を愛し、妻子を大切にしていた、宮廷でも有名な家庭人だった。そのような男が、間諜を放って十二選帝侯に亀裂を入れようと画策し、自らの妻子を監禁するとは、今もって俺には信じがたい」

「けれども、間諜が持っていたという印章指輪、そして手紙の筆跡があります」

「そのようなものは偽造しようと思えばできることだ。……間諜を放っていたのが実際にディモスであったのかどうかも、まだ確かめられたわけではない」

「魔の胞子、というもののことを聞いたことがあります」とルカスが言った。

「竜王の魔道の一種で、それを植えつけられた者は、別人のように人格が変わって竜王の操り人形となってしまうとか」

「知っている。パロのベック公がその犠牲となったということも聞いた。いたましいことだ。むろん、ディモスが魔の胞子を植えつけられている可能性を、俺も考えなかったわけではない。だがそれも、離れた場所でああだこうだと考えていてもどうしようもないことだ」

「ディモス、というひとを、陛下は信頼しておられたのですか」

遠慮がちにアウロラがきいた。

「信頼していた。俺の右腕であり、親友でもある宰相ハゾスの親友でもあり、俺も親しくしていた間柄だ。だからこそ、今回のことは慎重に見定めねばならぬと思っている。魔の胞子に侵されたのであれ、そのほかの理由があるのであれ、この目で真実を見定めぬ限り、俺は何事も信じるつもりはない」

はっきりとグインは言った。アウロラは視線をそらし、いつにかわらず無表情な豹の頭と、炯々と光る眼光のうらに、隠された心情をさぐろうとした。

心を許した人間が祖国への反乱をたくらんでいるかもしれぬと知って、いかにグインといえども心平らかではいられまい。ひとりでも行って確かめると心せいているのは、やはり、友人であった男への想いがあるのだろう。竜王の魔道がいかなるものであれ、それにまきこまれたかもしれぬ友人を、そしてそのために巻き起こったケイロニアの騒擾を放置しておくわけにはいかぬ。友人への想いと祖国の安寧と、秤にかけたグインの気持ちはいかばかりであろう。

アウロラは胸元をさぐり、鎖に通して首にかけた指輪をそっと握りしめた。ニンフの指輪。魔道を感知するこの霊妙な指輪は、魔道が跋扈するクリスタルでこそ役に立つかも知れない――

シルヴィアさんは本当にパロにいるのだろうか。アウロラの思いは、そちらのほうへとただよっていった。売国妃とそしられ、国民の非難と怨嗟を一身にあびせられてさまよう彼女を、同輩のカリスやルカスとは多少違った理由から追っているアウロラだった。カリスたちはたんにグインの命を受け、行方不明のケイロニア妃を捜索しているのであるが、アウロラはもう少しやわらかな理由、ただ孤独なシルヴィアを見つけて抱きしめ、ここにあなたの味方がいると言ってやりたい気持ちから、彼女を探しているのだった。

市井の少女ルヴィナとして出会ったときの彼女は本当にしあわせそうで、いきいきと立ち働く、ごく普通の娘にすぎなかった。あの少女の細い肩に、売国妃だのと重い名が投げかけられるのが耐えがたい心地がした。もしいまパロにいるのなら、どういった事情からであれ救い出し、傷ついた小鳥を手に包むように、大切に、両手でかこって守ってあげたい。

林がきれて、視界に青空が広がった。眼下にパロのゆたかな平原があり、シュクの街並みが遠くに玩具のように見えた。

「ひとまず、シュクに入ってみよう」

グインの声がかかった。

「国境のシュクならば、いろいろと情報も集まっているだろう――クリスタルが現在どうなっているかも、もしかしたら聞けるかもしれん」

シュクの街は、入ってみると意外なほどにぎやかで、クリスタルの惨状ばかりを聞かされていたカリスやルカスなどは拍子抜けするくらいだった。グインたち同様、ケイロニアがわから入ってきた商人や旅人あり、ユノまわりで入ってきて逆にケイロニアへ抜けようというクムの隊商ありで、宿屋はほとんど埋まっており、街の広場にも牛の引く荷車や馬車、台車が行きかい、荷物や穀物や乾果(かんか)の梱(こり)などがどっさりと山のように積まれていた。

山からとってきた鹿の肉やウサギを串焼きにしたり、果物を大きな葉に盛って売っている屋台があちこちに立ち、噴水のある広場には毛皮を着た山の民の族長と、革の袖無しにふくらんだズボンとくるりと先のとがった靴をはいたクムの商人が毛皮の束の商談に夢中になっている。ワルド山脈がすぐ近くまでせまる山里のこととて、家々もとがった屋根を枝や板で葺き、山小屋風のしつらえで、パロの瀟洒な建物のようすは街の中心部の豪商や公的な建物でないと見られない。

グインは人の多いところに出て身元を知られたくないときよくするように、ミロク教徒のマントを着け、フードをふかくおろしていた。それでもその巨大な体格は人をおどろかせずにはおかなかったのだが、豹頭をあらわにするよりはずっとましだった。

「考えていたよりずっと繁華だな。もっとさびれているかと思っていたのだが」

「ここはまだクリスタルから遠いですから、そのせいでしょう。クムとケイロニアを結ぶ経路の一つでもありますし」

そのように話していた四人だったが、ひとまず食事をとろうと宿屋に入り、串焼きとエールを注文して、話のついでのような調子でクリスタルについての事を持ち出すと、宿屋のおやじの顔はとたんに曇った。

「お客さんがた、クリスタルへ行きなさるかね。そりゃあいけねえ、やめといたほうがええ。今あそこは、大変なことになっとりますよ。なんやら、大変な怪物が大暴れして、街の人間をみんな食い殺しちまって、街もめちゃくちゃになっちまってるそうだ。行ったってなにもいいこたあございませんよ。やめておきなせえ」

「あんたは、そんな話をどこから聞いたのかな、おやじ」

「なあに、命からがら逃げてきたってえ人間が何人か、シュクにも流れ着いてきてるんでね」

おやじは外を示した。アウロラは街角や家々の前に、呆然とした顔で座りこむ人々を見つけた。彼らは着の身着のままで逃げ出してきたように見え、金も、衣服ももっていないようで、物乞いのようにぼんやりと宙を眺めている。

「家のもんを殺されたり、自分も殺されかけたりで」

おやじは気の毒そうに肩をすくめた。

「頭がおかしくなっちまってるやつも多くて、正直、全部の話が信じられるたあ思っちゃいませんが。……それでも、ずいぶんひどい目にあってきたのは確かでしょうよ。あたしもときどき、食べ物や服を恵んでやっちゃいますがね」

「あ、へい――」

陛下、と言いかけて、カリスがあわてて口を押さえた。グインは皿を持って立ちあがり、店の外へ出た。宿屋のななめ向かいの家の軒下に、やせて髪の毛のそそけた女がぐったりと座りこんでいる。そこへ行って、グインはフードで顔を隠したままやさしくささやきかけた。

「突然すまぬな。あなたはクリスタルから逃げてきた避難民の方か？」

女は膝をかかえた姿勢のままで、目だけをぎょろりと動かしてグインを見た。グインが串焼きをのせた皿を差し出すと、おびえたように何度か皿とグインのフードとのあいだに目を行き来させ、おそるおそる、といった様子で手を伸ばした。

「どうか、好きに食べてくれ。──俺たちは、訳あってこれからクリスタルに入ろうと思っているのだ。もし、できるなら、クリスタルの様子を話してくれれば……」

女は金切り声をあげて串焼きを手から落とすと、空中を掻きむしるように両手を振りまわし、グインの肩を叩きつけた。驚いたグインが身を引くと、女は驚くほどの速さで立ちあがり、よろめきながら、人混みをぬって通りのむこうへ駆けていった。

グインはしばらく皿を持ったままそのあとを見送っていたが、やがてため息をついて、宿屋の中へもどってきた。おやじは首を振って、「ね」とうなずいた。

「あんな風に、なんもかも無くしてすっかり正気を失ってる人間も多いんですよ。シュクでも収容所を作って救援はしてるみたいなんですが、追いついちゃいませんでね。なにしろ、むごいことがあったのは確かなようで。あたしらシュクのもんも、気の毒には思ってますが、どうしようもねえ」

「この近辺では、そういった変事は聞かないのか。──妙な生き物が現れたとか、そういう」

ルカスが訊くと、おやじは震え上がったようすでかぶりを振り、

「と、とんでもねえ、そんなこたあ、あってくれちゃ困りまさあ。……これまでんとこ、怪物が現れたってのはクリスタルとそのまわりばっかりで、このあたりじゃ話は聞いたことありませんや、ありがたいことに。ええですか、旦那さん方、絶対に、クリスタルへは行っちゃなりませんよ」

おやじが離れていくと、四人は目を見合わせた。

「よっぽどひどい事が行われたようですね」とカリスが呟いた。

「そんなところで、ディモス様だけが無事でいるということは、ますます怪しい気がします」とルカス。

「シルヴィアさんは、やはりパロにいるんでしょうか――そんなクリスタルに？　それとも、どこか別のところに？」とアウロラが心配そうにいった。

「シルヴィアについてはわからぬが――災いにあった人々の心の傷は重いようだな。俺はヴァレリウス――パロの宰相だが――から話を聞いたばかりだが、その俺にしても、どうやら考えていた以上に被害はひどいようだ」

「戻られますか。やはり、いくらか手勢を集めてからクリスタル入りされるほうが」

「いや。ここまで来たら、やはりクリスタルに入る方を先にしたい。ディモスも、どのような状況であれ、兵士を率いてきた人間と心やすく会うほど甘くはなかろう。俺は何より、ディモスと話をしたいのだ」

口数少なく食事をすませて、その晩はシュクに一泊した。カリスとルカスはすぐに眠ったようだったが、アウロラはなかなか眠れずに、夜中、起き出して、胸苦しい心地のままに宿のおもてへ出て風に吹かれていた。

「眠れないのか」

後ろから声がして、アウロラははっと振りかえった。グインの雄渾な巨体が、月の光を浴びて青く見えた。

「陛下――はい。クリスタルのことや、怪物のことや、ルヴィナ――シルヴィアさんのことを考えていたら」

「そなたがシルヴィアのことを想っていてくれるのをありがたく思う」グインは低くいった。

「俺は彼女の心をどうしても埋めることができなかった。なんとかして守ってやりたい、救ってやりたいとばかり思っていたのだが、努力すればするほど、彼女の心は決定的に離れていくばかりで、どうすればいいのかさえわからなかった」

「陛下がお悪いのではありませんよ」

アウロラとてそれほど男女のことに通じているわけではなかったが、人間のあいだには、どうあっても相性の悪いもの、いくらおたがいに心を通じ合わせようとしても通じ合わない者がいることは知っている。豹頭王とシルヴィア、この二人も、ただその組み合わせと回り合わせが悪かったのであって、それが立場と状況によってますます悪化していったのだと思っていた。シルヴィアの乱行も醜聞も聞いてはいるし、それに関しては眉をひそめる思いもあるが、だからといってこの二人のどちらかを一方的にせめられるものではないと思っていた。

「シルヴィアさんはただひたすら自由になりたかった、それだけのことなのだと私は思います。自由を望むあまりに自分の身を傷つけたり、いやしめたりする行為に走ったけれど、それは陛下がご自身を責められるようなことではありません」

「そう言ってくれるか。だが俺はどうしても、我が身が責められてならぬ。俺が関わりさえしなければ、あの女はあのようなことにはならなかったのではないかと」

「それこそ、考えても仕方のないことです、陛下。ご自分を無駄にお責めになることはありません。私はシルヴィアさんを助けたいと思っていますが、同時に、シルヴィアさんの運命はシルヴィアさんのものだと思っています。陛下がそれを背負い込まれることは、間違っていると私は思います」

　グインは答えなかったが、その夜目にも爛々と光るトパーズの目は、わずかになごんだようだった。アウロラは微笑し、おやすみなさいませ、とささやいて、その場をあとにした。

4

翌朝、シュクを出立した。グインはクリスタルに急行するため、赤い街道沿いにケーミを通過してクリスタルに入るのではなく、シュクから間道を使ってまっすぐ南下し、クリスタルを目指すことを決めた。シュクからしばらくはまだ山あいの道が続くが、一度平原に出てしまえば、小さな村や集落の点在する道は数多く開けており、それらをたどれば、楽にクリスタルへは行きつけると思われた。

シュクを出て、静かな山あいの道を進む。赤い街道にそっているあいだはまだ人通りもあったが、街道を外れてしまうと人の姿も少なくなった。まばらな木々が点在する明るい丘陵地帯を馬で抜けていく。本来は、シュクからまっすぐクリスタルを目指す旅人の姿が見えたのかもしれないが、惨禍のあとでは、誰ひとり通る者はなく、踏み固められた脇道には少しばかり草が生え始めていた。

村はいくつか通りすぎた。ほとんどは農園や畑を中心にした小規模なもので、村人たちはみなクリスタルのことを聞き知っていた。クリスタルから逃げてきた親戚を迎え入れたり世話をしたりしている者もいたが、誰しも口が重く、あまり語りたがらなかった。逃げてきた当人は、シュクにいた女と同様、クリスタルでのことを思いださせられると、恐怖のあまり逃げ出したり半狂乱になったりした。

　目立つのを恐れて村に入るのはアウロラとカリス、ルカスにまかせていたが、報告を聞いたグインはやはりクリスタルへ行かねばなるまいという思いを固くした。これだけの人間に大きな傷を与えている災害の中で、何事もなかったようにサイロンに出入りしていたディモスはやはり異常というしかなかった。

　ルカスが示唆したように魔の胞子に侵されている可能性も考えないではなかったが、それとも少し違う気がした。魔の胞子にとりつかれた人間はしだいに人格を破壊されて廃人と化すが、ディモスの場合は、むしろ彼がこれまで無縁だった陰謀や詭計の方向へと進んでいるように見えたためである。魔の胞子、という魔道についてグインがくわしいわけでは無論ないのでこれはたんなる推測だが、催眠にせよ、あるいは――考えたくはないことだが――ディモスがすでに殺されて別人と入れ替わっているにせよ、クリスタルへ行って確かめねばならないことに変わりはない。

　クリスタルまであと一日ほどのところまで迫ったころだった。

「陛下、村です」

　先行していたアウロラがとって返してきて告げた。クリスタルに近づくにつれて集落は次第に大きくなっており、ちょっとした町ほどの大きさになっていた。建物もパロ風の白い石の建物が目立ちはじめ、田舎風ではあっても広い前庭に花や樹木を配して華麗に装った家が多くなっていた。日が落ち始めており、夜を過ごす場所を見つけるために、集落を求めて進んでいたグインたちだったが、戻ってきたアウロラの表情には、とまどったような奇妙な色が浮かんでいた。

「どうした、アウロラ。なにかあったのか」

「様子がおかしいのです。人の姿がありません。建物の中にはいるようですが、わたしが入っていくと、あわてて隠れて出てこなくなってしまうのです」

カリスとルカスはすばやく目を見交わした。グインは首をのばして風のにおいをかぐようにした。冬のはじめのつめたい空気がうなじの黄と黒の毛をなぶる。グインはマントのフードを深く引き下ろした。

「盗賊とでも思われて警戒されているのだろうか」

「竜頭兵がここまで出てきている可能性は？」

「それも考えられるが、見かけが人間であるわれらをそれほど恐れて警戒する理由にはならんだろう」

「ともかく、入ってみよう。今度は俺も行く」

手綱を取りなおして、グインは宣言した。

「俺たちはただ一夜の宿を借りたいだけだと話してみよう。なんなら俺の身分を明かしてもよい。それでもまだ警戒されるとあれば、今夜は野宿とするしかあるまい」

「このようなところでご身分をお明かしになるのは少々軽はずみではございませんか」

ルカスがおそるおそる言った。

「クリスタルには何がいるかわからない状況です。ご身分は、できる限りかくしてゆかれたほうがよいのではないかと」

「しかし、俺がケイロニア王とわかれば人々は安心すると思うのだが」

「それは、そうでもございましょうが、今は隠密行動を優先したほうがよいのではないのではないでしょうか」

「わかった。それでは、そうしよう」グインは折れた。

「だが、俺のような巨漢が顔を隠してゆくのだ。よけいに怪しまれることは避けられんかもしれんぞ」

　グインを先頭にして、四人は村へと入っていった。入っていって見るとかなり規模の大きな集落で、大小の石造りの家が並び、家の庭先には花が咲きこぼれている。クリスタル風に左右に小塔をそなえたちょっとした屋敷もあり、そういった家は、建材も白い石を使って、ちょっとした小クリスタルの雰囲気をかもしだしていた。

　ただ、人の気配はなかった。アウロラの言うとおり、通りには人っ子ひとりおらず、広場の噴水のまわりにも遊ぶ子供ひとり、水を汲みに来る女ひとりいない。通りすぎてきた果樹園や畑にも、そういえば働く人間の姿を見なかった気がする。

視線を感じてグインが目を上げると、さっと窓の内側に人影が隠れるところだった。グインは目を細めた。数多くの視線が周囲からグィンたちを見据えているが、あたりを支配するのは息づまるような沈黙だ。

「おうい！」

ルカスが飛びだしていって、一軒の家の扉を叩いた。

「われらは怪しいものではない。旅の者で、一夜の宿を借りたいと思っているだけだ。すまぬが出てきて、話を聞いてくれんか！」

返事はない。扉の後ろで息をつめているものの気配がいよいよ強くなったばかりだ。

そのまま道をゆくと、宿屋兼酒場らしき建物が目についた。前に大きく開いた店構えをしているが、店の前に並べられた卓の上に、椅子はすべてひっくり返して積み上げられ、看板はおろされている。表はむろん、かたくとざされていた。

「すまぬ。誰かおらんか」

今度はグインが拳で戸を叩いた。

「われわれは旅の者だ。なぜそれほど怯えている。われわれは何もせん。ただ一夜ここで休みたいだけだ。開けてくれぬか。金は持っている」

腰につるしていた路銀の袋をさしあげて振ってみせた。硬貨のぶつかる音がした。

宿屋兼酒場の中で、かすかに動くものの気配がした。がたがたとものぶつかる音がして、内側から鍵が外された。扉が細く開いた。中から、ひどく青ざめた顔の、髪の毛の乱れた太った中年の女が顔を出した。

「あんたたち、ほんとに普通の人間かい？」

息を切らしているように口早に喋る。

「普通の人間だ。ただ、この村があまり奇妙なので、とまどっているだけだ」

「そこのでっかいのはなんで顔を隠してるんだい。盗賊かなんかじゃないんだろうね」

「これは——」

「顔に火傷があるので、その傷跡を隠しているのだ」横からカリスが口をはさんで、グインに目くばせした。

「見ての通り、彼はミロク教徒でもあるので、人に危害を加える心配はない。ここが宿屋ならば、一泊させてはもらえないか。金ならば払えるが」

グインが腰から外して差し出した財布をひったくるようにして取る。顔を覆ったままのグインから恐れるように距離を取りながら、こそこそと中身を確かめ、重みを計ると、疲れたように脇の台に放り出した。

「はいっといで。表はしっかり閉めるんだよ」

ようやくひとりが通れるほどのはばに扉をあける。

グインたちはひとりずつ身体を横にして入り口をくぐり抜けた。入ってみると中はこざっぱりとしていて、木のベンチと卓が並び、奥に厨房と二階へ上る階段がある。だがやはりひっそりとしていて、女以外の人間がいる気配はなかった。

「いったい何があったのだ？　なぜこれほど、人々が警戒しているのだ」

「あんたたち、ほんとに銀騎士の仲間じゃないのかい。顔なんてかくして、あたしたちの村を偵察にでも来てるんじゃないんだろうね」

「身体が大きいのは仕方がないが、顔を隠しているのは人に不快を感じさせないためだ、悪気はないのだ、どうか許してほしい。……それにしても、いったいなんだ、その銀騎士というのは」

「知るもんかね。クリスタルであの騒ぎがあってからこっち、銀騎士に襲われる村の話は跡を絶たないよ」

女は肩をすくめた。

「うちの村だっていつ襲われるかわかりゃしない。銀騎士ってのはね、全身銀色の甲冑に身を包んでて、顔も肌も、どっこも見えない銀色の騎士たちで、ある日とつぜんやってきて、若い男や女をむりやりさらっていくのさ。どこへ連れていかれるのかわかりゃしないけどね。そうっとあとをつけた人間の言うことにゃ、クリスタルへむかってったってことだからそうかもしれない。例の、竜の頭をした化け物の餌にされてるのかもしれない。あたしにゃわからないよ。とにかく、そんなこんなで、今ここらへんは猛烈にぴりぴりしてんだ。あんたたちもこんなところへ来るよか、さっさと今来た道を戻って、どっかほかのところへ行くがいいよ」

「クリスタルへだって」ルカスが驚きの声をあげた。

「おかみさん、俺たちはそのクリスタルへ今から向かおうというんだ。クリスタルのようすは少しでもわかるのか？　もしわかるなら、話してはくれないか」

「クリスタルへだって？　おお、ヤーンよ！」

女は泣き声をあげて両手を宙にさしのべた。

「あんたがた、後生だからそんな不吉なことを口にしないどくれ。クリスタルはすっかり化け物に支配されてて、生きてる者なんてひとりも残っちゃいないって話じゃないか。命が惜しくないのかい、あんたたち？」

「どうしても確かめねばならないことがあるのだ、おかみ」グインが言った。

「俺たちはそのためにクリスタルへ行く。もし必要ならば、その銀騎士とやらに連れ去られた人々の行方も捜してみよう。ともかくも、一夜の宿を貸してもらえんか。ここは宿屋なのだろう」

「それはそうだけど、いるのはあたしひとりになっちまったから、たいしたことはできないよ」

女は口をとがらせながら台に置いた財布をつつき回した。

「逃げられる人間はとっくに逃げちまったし、いるのは年寄りや女子供や、親や子供がいて逃げられなかったりしたものばっかりさ。あたしも逃げたかったけど、先祖代々のこの店のことを思うと、とても逃げられなかった」

「寝床と多少の食料があれば、あとはなんでもよい。感謝する」

女はなおも財布の重みと警戒心を秤にかけながら迷っていたようだったが、とうとう、不承不承ながら一行を受け入れることにきめた。

「食事は冷たいものしか出せないよ」ハイファと名乗った女は言った。

「薪をきらしてる上に、とりにいく人手もないもんでね。あんたたちが自分で準備も片付けもやってもらわなきゃならないよ。あたしひとりじゃ、そう何もかも手は回らないからね。準備できるのは寝床だけ、それでよきゃ、泊まっていきな」

「それでかまわない。かたじけない、ハイファ」

ハイファはぶつぶつ言いながら二階へ寝床をととのえに上がっていった。カリスは憤然と、

「寝床だけのためにあの女、われわれの路銀をすべてとりあげるつもりでしょうかね」

「さあ、そこまであこぎなことはまさかすまいが。……それより、どう思う、銀騎士と

「もしそうであれば、竜王の魔道の産物が今もまだ活動しているということでしょうか。若い男や女を誘拐していっているとか」

「まさか本当に、竜頭兵の餌に？」

「考えたくはないが、そういう可能性もあるということだな」

アウロラは吐きそうな顔をし、カリスとルカスは眉をきつくひそめて不快の念をあらわにした。グインは思案深げに、

「ますますクリスタルへ行かねばならぬ理由が増えたな。銀騎士か。いったい、なんのために人々をさらっていくのか……」

ハイファの言ったとおり、食事はかたくなったパンと干し肉に乾ヴァシャ果しかなかった。のどにつまるそれをグインたちは水で飲み下し、ハイファが用意した寝床に横たわった。うすい上掛けと固い藁の寝床の上に、村全体をおおう異様な緊張感のせいで、よく眠ることはできなかった。グインだけはいつもの沈着なようすで目を閉じていたが、眠っているのかどうかは、見ただけでは判別できなかった。

夜半。

アウロラはふと目覚めた。いつのまにかうとうとしていたらしい。なにか、耳の奥でざわつくものがあるような異様な感じがして、寝床に起き直った。急に胸騒ぎが突きあ

げてくる。枕元の剣をつかみ、寝台を飛びおりると、部屋を飛びだして隣室のルカスたちの扉を叩いた。

「起きて！　起きて、ルカス！　カリス！」

すぐに反応があって、緊張した顔つきのルカスが顔をのぞかせた。後ろからカリスものぞき込んでいる。隣の部屋の扉が開いて、グインもするりとすべり出てきた。

「どうした、アウロラ。何かあったのか」

「異変が――」と言いかけて、アウロラははっと胸にさげたニンフの指輪を握った。氷のように冷たくなっている。

「指輪が反応しています、陛下。黒魔道の産物が、こちらに接近しています！」

「黒魔道の⁉」

カリスが驚いて前に出てきた。グインはさっと飛びだすと、もうなかば階段を下っていた。階下で、ハイファがおろおろしながら動き回っていた。

「おお、来たよ。あいつらだよ。ヤヌス様、どうぞお守りください。銀騎士がやってきたんだ。あたしたちをみんな連れてって、怪物に喰わせちまう気だよ！」

「ひっこんで、静かにしていろ」

グインは叱るように言ってハイファを押しのけ、扉を開けて外に出た。

「開けちゃだめだ！　ああ、ヤーンよ、ヤヌスよ！」

ハイファの泣き声が響く中、アウロラとルカス、カリスもすべり出た。すでに剣は抜いている。

人っ子ひとりいない夜の村に、月が照っている。その、青い水のような光の向こうから、金属のぶつかるがちゃがちゃという音が規則正しく響いてきた。冷たい月光をはじき返す銀のきらめきが揺れ、銀のかぶとに銀の鎧、馬にも銀の馬鎧を着せた全身銀色の騎士団が、まぼろしのように夜の底に湧き出した。

「何者だ！」

グインが大喝した。びりびりと身体の震えるような声にも、銀色の騎士団はひるんだようすもなかった。ただ黙して立ち、こちらの様子をうかがうのか、同じ銀色の面頬を不気味に光らせている。

「おまえたちが銀騎士とかいうやからか。人々を誘拐して何をたくらんでいる。答えろ」

「人々をクリスタルに連れていっているというのは本当か」語気鋭くルカスが言った。

「陛下、ますます指輪が冷たくなっていきます」アウロラが緊張したおももちでささやいた。

「答えよ！　返答しだいでは許しておかぬ——あっ！」

グインが驚愕のあまり声をもらした。家の一軒の屋根から、剣を手にした男が立ちあがり、やにわに、銀騎士の先頭にいた一騎めがけて飛びおりたのである。

同時に、あちこちの家の扉が開き、手に手に武器をかまえた男たちが飛びだしてきた、剣から鍬、さすまた、鎌、包丁、ただの棒きれに至るまで、思いつくかぎりの武器を手にして、銀騎士の集団に襲いかかる。

飛びおりた男が銀騎士の上に落下し、ガシャンとはげしい音がして、銀騎士は揺れた。飛びおりた男は相手の馬にしがみつきながらしゃにむに剣を振りまわしている。

武器をかまえた男たちはばらばらと銀騎士にかかっていった。棒で打ち、剣で切りつけ、鎌や包丁で打ちかかったが、銀騎士たちはほとんど意に介さなかった。カツン、ガシャンという音とともに、ほとんどの武器は払いのけられて落ちた。

「出ていけ！」かすれた声が聞こえた。「俺たちの村から出て行け、化け物！」

はじめに飛びおりた男が必死に剣をあげて相手を打ちたたいている。銀騎士は片腕を回すようにすると、あっさりと男を払い落として地面に転がした。男があえいで起き上がろうとするところへ、無感情に剣を抜き、突き降ろそうとふりあげる――

「やめろおっ！」

ルカスが突進した。

いや、それより早く、流れるようにグインが前に出ていた。剣の一閃で銀騎士の剣を払い、そのあいだに、ルカスが滑りこむようにして男をかかえ起こす。銀騎士はゆらりと揺れると、無言のまま、グインに剣を向け直した。

「陛下！」

「グイン陛下！」

銀騎士の集団全体が不気味に動き出していた。異様に統制のとれた動きで、馬を進め、グインたちの周囲をひしひしと取り囲む。カリスとアウロラが剣をぬき、馬上の相手を突きあげるように切りつけた。かん、と固い音を立てて銀の鎧がはじき返す。

「カリス、ルカス、アウロラ、俺の後ろに来い！」

グインは叫ぶと、手にした剣を渾身の力でふるった。きらっと剣閃が走ったかと思うと、前列にいた銀騎士が一気に吹っ飛び、がしゃがしゃと地面に倒れた。馬鎧を着けた馬の首が飛び、血ではなく、うす青い霊気のようなものをくゆらせながら地に落ちた。

残った胴体もまた、青い煙のようなものをくゆらせながらゆっくりと溶けるように消えていく。アウロラはぎゅっと胸を押さえた。

「へ、陛下！　指輪が氷のようです！」

グインはゆらりと起き上がってきた銀騎士にまた打ちかかった。たくましい腕が一閃するや、銀のかぶとが飛び、鎧が断ち割られ、銀騎士はよろよろと後ろへよろめいて積み重なった。すっとんだ銀のかぶとを目で追ったアウロラは、ああっと声をあげた。

「陛下！　あの中、首がありません」

飛ばされたまま路傍に転がるかぶとから、血は流れていなかった。そこからこぼれているのは黒い、もやのようなもので、その中には生きた人間の首らしい何ものも見つけることはできなかった。

「空っぽか」

胴体を切り飛ばされた銀騎士の鎧から、同じく黒いもやが油のようににじみ出てくるのを見て、グインは唸った。

「ならば何も気兼ねをすることはないな。来るがいい」

グインは吠えた。密集する銀騎士のなかへまっしぐらに突っ込んでいき、縦横に剣を振るった。

一振りすればかぶとが飛び、ひと薙ぎすれば鎧が落ちた。中身を持たない空っぽの銀騎士集団は、旋風のようなグインの剣戟にあって、たちまちばらばらにされ、ふみにじられた。あたりにはばらばらになったかぶとや、鎧や、すね当てが散らばり、引き裂かれた馬の青いからだが、煙となってたなびくばかりとなった。

「凄いな。……われらが手を出す隙もない」

「さすが陛下だ。世界一の戦士だ」

カリスとルカスが恐れをなしたようにささやき合う横で、アウロラはぎゅっと胸の指輪を握りしめ、顔色を失っていた。

「陛下、ご用心ください！　まだ終わっておりません！」

散らばった鎧やかぶとの中に立ちつくしていたグインは身をひねってアウロラを顧みようとした。あたりでは打ち倒された村人たちが互いに支え合い、泣き声をあげながら起き上がろうとしていた。その中から、とつぜん、恐ろしい悲鳴が起こった。

空中に黒いもやがぐるぐると渦巻いていた。それはあっという間に脂のような濃さとなり、ぎらつく光沢を帯びて地面にしたたり落ちたかと思うと、たちまちそこで、四本脚の犬に似た、うろこと鉤爪をそなえた異形の怪物に変貌したのだ。

そいつはパクッと音を立てて歯をむき出し、ちょうど目の前にいた村人の喉にかぶりついた。血しぶきがあがり、絶叫が響きわたった。カリスとルカスは大声を上げて突進した。アウロラも剣をかまえて走った。首は切れなかった。グインはうおうっと叫ぶと、両腕でかまえた剣を怪物犬の首に叩きつけた。首は切れなかった。ぐにゃりとゆがんで黒いもやをたなびかすと、すぐにもとの形に戻って、脅すようにうなり声をあげた。かけつけたルカスが胴体に剣を振り下ろしたが、同じことだった。切られたところだけが黒いもや状になるが、すぐにもとの形に戻ってしまう。

一頭だけではなかった。通りのあちこちで、同じ出来事が起こっていた。黒いもやが凝集し、うろこと鉤爪を持った、蜥蜴（とかげ）のようなかたちの頭部の犬めいた怪物に変化していた。村人たちは悲鳴をあげながら逃げ惑い、中には、必死に立ち向かって行くものもいたが、すぐに食らいつかれて倒された。血が流れ、濃い血臭が夜の街路に漂った。

「村のものは家の中へ！　こやつらの相手は俺がする！」

グインを囲んでカリス、ルカス、アウロラは必死に剣を振るっていた。斬ることができなくても、剣を叩きつければ一瞬動きを止めることはできる。いまや蜥蜴犬は二十頭ちかくにまで増えていた。銀騎士たちの残したかぶとや鎧も溶けたのか消え去っており、あたりには蜥蜴犬のうなり声が響いていた。月光の中にグインの巨大な体軀が浮かびあがり、青白く輝いていた。

「かじやスナフキンの剣よ、おまえの力が必要だ！」

そう叫んだ瞬間、グインの手にはさえざえと光る長剣が握られていた。振り下ろすと、蜥蜴犬はあっさりと胴体を両断され、ぼろぼろと崩れて灰となって風に散った。ほかの仲間は目に見えて後退したが、次の瞬間には、また身構えて飛びかかってきた。四方八方から襲いかかる蜥蜴犬を、アウロラたちは必死に剣で払いのけた。

「ウォーッ！」

グインはスナフキンの剣を縦横無尽にふるった。ひと薙ぎで二頭、三頭、四頭の蜥蜴犬が斬られて散った。襲いかかる牙のあいだをくぐって、斬り、突き刺し、払い、薙ぐ。傲然たる吠え声がしだいに弱々しい悲鳴やすすり泣きに転じ、ほんの数呼吸のあいだに、二十頭近くいた蜥蜴犬は街路の上から姿を消して、わずかな灰と燃えがらだけが風にまかれて吹き飛ばされていくばかりとなった。

スナフキンの剣が閃光を発して消えた。グインは太い息を吐いてあたりを見回した。

いっときの喧噪はすぎ、村の道はふたたび静けさを取り戻していた。喉を噛み裂かれた
死体が転がっている。家の中に逃げた村人たちは、扉を薄く開けておそるおそる顔を出
していた。

「豹頭……！」と押し殺した声がした。

「あれを見ろ、豹の頭だ。まさか――」

「ケイロニアのグイン王？　そんな。どうしてこんなところに」

飛びだしてきたときに、ミロク教徒のマントは身につけるのを忘れられていたのだっ
た。豹の頭を月光にさらして立つ豹頭王に、ざわめきと視線が集まった。グインは気づ
いて頭に手を当てたが、肩をすくめて、大股に宿屋のほうへと戻っていった。

ハイファが戸口の内側で震えていた。

「どうした、おかみ。もう危ないことはないのだ。安心しろ」

「は――は、は、はい」

ハイファはわなわな震えていた。うす水色の両目は飛びださんばかりになっている。

「あ、あの――あの、本当に、ケイロニアのグイン様――豹頭王さまで？」

「まあ、どうやらそのようだな」

これ以上隠しても意味はない。グインは微笑し、牙をみせる結果になって、ハイファはびくっとしてよけいちぢみ上がった。

「なきがらを収容するのを手伝ってやってくれ。もうこれ以上の襲撃は、今夜はないことを願おう」

第四話　水晶宮の影

1

村をあとにするにはひと悶着あった。豹頭王グインが現れたことは村に残っていた人々に一気に広まり、その彼を一目見ようと何十人もが押し寄せてきたし、おかみのハイファは、すっかりおそれいってしまってなんらかのもてなしをしないと出発はさせられないといいはったのである。

「豹頭王さまがどうしてクリスタルにおいでになるんですか」

彼女は何度となくたずねた。

「あすこは恐ろしい場所になっちまいましたよ。いくら豹頭王さまだって、足を踏みいれちゃ無事でいられるとはとうていあたしにゃ思えません。銀騎士どもを撃退なさったお強さは拝見いたしましたけど、クリスタルにゃ、いったい何が待っているのかしれたこっちゃありませんですよ」

「心配してくれるのはありがたいがな、おかみ、俺たちにはどうしても行かねばならん理由があるのだ」

「グイン陛下のお強さを信用するがいい、おかみ」

馬に食糧と水をくくりつけていたカリスが外から声をかけた。

「われらとてまんざら腕に覚えがないわけではない。何が出てこようと手もなくやられはしないさ」

「はあ、それはわかっちゃいるんですけどねえ」

ハイファは太った頬に手を当ててため息をついた。

「名高い豹頭王様が乗り出してきてくださったってことをあたしたちも喜ぶべきなんでしょうけど、もしパロの領内で豹頭王さまになにかあったら、ケイロニアのほうはどう考えるか」

「別に何もありはしないさ。約束する」

マントをはね上げて、グインは外に向かった。カリスが荷物を積んだ馬の口輪をとり、ルカスとアウロラはすでに馬にまたがっている。まわりには村人たちが遠巻きになっていて、近づこうとも離れようともしないところは、まるで見えない棒でまわりにつながれてでもいるようだった。

「もしまた銀騎士どもが来たらどうしたらいいんでしょうか」

耐えかねたような問いかけが届いた。

「もしそうなっても無理に抵抗してはいけない。今回は俺たちがいたからどうにかなったが、おまえたちだけでどうこうできる相手ではないはずだ。まあ、そうすぐに再びの襲撃はないとは思うが、とにかく、用心だけはしておくことだ」

「豹頭王さま」

ひとりの男が人波をかき分けるように前に出てきた。

「こいつをどうぞお持ちくださいまし。おいらの祖父ちゃんが大事にしてたもんで」

うやうやしく差し出されたそれは、太い革のベルトにおびただしい数の投げナイフがずらりと留められているものだった。ベルトは長さが調節でき、グインの腰にぴったりとはまった。ナイフはどれも手入れが行き届いて研ぎ澄まされており、青く澄んだ刃には、ルーン文字が細かく幾列にも刻みこまれていた。

「祖父ちゃんはそいつを魔道師からもらったって言ってました。クリスタルでもし銀騎士かその仲間に出会うことがあったら、役に立つかもしれねえです」

「かたじけない。ありがたく使わせてもらおう」

グインがそれを腰に留めると、ほっとしたような空気があたりに漂った。人々は豹頭王を送り出す不安と光栄と、ふたつに引き裂かれているようだった。しきりにそわそわし、たがいにおしあいへしあいしながら、誰かが何かを言うのを待っているような風情だった。ついにグインが馬にまたがり、村の出口へと歩き始めると、みんな離れがたげにぞろぞろとついてきた。

「豹頭王さま、いったい何が起こっているんだか、どうか……」

「あたしらにゃなにも、わからんことばかりで……」

「どうぞお気をつけなせえませ、豹頭王さま、ヤーンのみ恵みを――」

口々に手を差しあげてざわめく村人たちに手をあげて、グインは馬を蹴り、クリスタルへと続く道を早足で駆けはじめた。カリス、ルカス、アウロラもあとに続く。

「あの銀騎士どもは何だったのでしょうね、陛下」

アウロラが馬を寄せてきて言った。

「わからん。だが、竜王の魔道がいまだにはたらいていて、クリスタル外の集落までその魔手をのばしているとなれば、放置してはおけんゆゆしいことだ。クリスタルに到着したら、できるならばそのあたりのことも解明したいものだな」

アウロラはうなずいて、きっと前を向いた。馬蹄の音が早まり、彼女の金の髪がふわりとなびいて後ろに渦を巻いた。

丸一日後の早朝に、グインたちはクリスタルを見下ろす丘の上に立っていた。

「これは……」

荒廃の噂をさんざん聞かされてきた四人も、しばし声を失うほどの眺めだった。

塔の都と呼ばれたクリスタルのたくさんの塔のうち、見えるかぎりの半分近くの塔が倒壊し、なかばからへし折れている。火事に遭ったらしく黒く焼け焦げているものもある。以前は白く輝いていた北クリスタルはうす黒くぼんやりと霞み、手前の南クリスタルは破壊されたがれきとめくれた石畳が散乱しているのがわかる。

クリスタル・パレスだけはさすがに破壊を免れたらしく七つの塔の偉容を保っているが、周囲の火の消えたような光景との対比がいっそさむざむしい。ヤーンの塔とヤヌスの塔、ふたつ並んだ屋根に朝日が当たり、白亜の宮殿を白くきらめかせている。災厄が襲ったときにもこれらの塔は白くきらめいていたのかと考えるとうすら寒い気さえした。

遠目に見える市内の道はかつては白石で美しく舗装されていたが、今はあちこち掘り返され、白い石は風雨にもまだ色あせぬどす黒いしみやかわいた血肉で染まっていた。ひからびた肉をまといつけた死骸が投げだされたまま放置され、放置されたまま野の獣にかじられたか、それとも別の理由があったのか、ばらばらにされて枯れ木の粗朶のごとくに転がっていた。

ランズベール川だけは変わらず青々と美しく流れているが、波のように家々の屋根が並んでいた東クリスタルも、なにか巨大な動物が荒れ狂ったあとであるかのような破壊の跡が支配し、人の気配、生きているものの気配がみじんもない。

グインは記憶してはいないが、かつて魔王子アモンの支配によってクリスタルが魔宮と化したときでさえ、クリスタル自体からこのように息吹が消えたことはなかった。そこはやはり変わらず市民たちの生活する場であり、怪異や軍隊によって表へ出ることができなくなっていても、そこにはかわらず人々の生きる息吹があった。

それをなくしたクリスタルは、おそろしくうつろで、空っぽな場所になっていた。破壊されたちまたに人の姿はなく、空漠の町に、ただランズベール川の澄んだ風だけが吹いている。明るい光の中で見る惨禍のあとは、しらじらとしているだけよけいかわいた悲惨さが際立つように思えた。

「降りるぞ」

言葉を失っているアウロラたちに、短くグインはうながした。先に立って馬をいそがせ、クリスタルの市門に近づく。

そこもまた、荒廃していた。馬車ならば六台は並んで通れる大門は真ん中から破られ、破壊された扉がなかば砕けたまま残っていた。わきの小門——小とはいえそちらも馬車二台は通れる幅があったのだが、そちらは崩れ落ちた石ですっかりふさがれ、通行できなくなっている。

グインたちは馬を降り、破壊された大門から中へ入った。先に自分たちが中に入り、小門をふさいでいるがれきをどけて、そちらから馬を引き入れる。何を感じているのか、馬たちは嫌がった。抵抗するのをなだめながら門を越えさせ、落ちつかせる。

「こいつらも何があったのか感じているのでしょうか」

カリスが馬の背中をなでながらひとり言のようにいった。

「かもしれんな。何千人というクリスタルの市民が殺されていったのだ。こいつらの耳はその残響をとらえているのかもしれん」

中へ入っても、馬たちはおびえたようすでしきりに耳をうごめかし、目をきょろつかせて落ちつかず脚を踏みかえてばかりいた。おびえる馬をなだめつつ、町の内部へと歩を進める。

近くで見ると、破壊の跡はいっそう物凄かった。鋭利な爪で切り裂いたかのような深い溝がいく条も建物の壁に走り、巨大な動物に体当たりされたかのように前壁がくずれて積み重なっている。かたむいた屋根の下に、売り物であったらしい皿や壺が砕けてちらばっていた。商店のならんでいたらしい通りには、裂けた布や壊れた細工物が転がり、幽霊のように風にたなびいていた。

血の跡はさらに多く、どこを向いても赤黒いしみが白い石畳の上に投げつけられたように広がっていた。不思議と死体は見かけなかった。放置された死体があちこちで朽ちている凄惨なようすを覚悟してきていたわりには拍子抜けだったが、グインが、

「みな喰われたのかもしれぬな」

と呟くと、のこりの三人はぞっとしたように顔を見合わせて首をちぢめた。

「例の銀騎士やらいう輩、現れるでしょうか」

「それよりも、竜頭兵なる怪物がどこにいるのかだ。クリスタルじゅうにうじゃうじゃしているという話だったが、どこにも姿が見えん」

ゆっくりと馬を進めつつ、神経をとがらせながらあちらの陰こちらの物陰とのぞき込んでみたが、やはり動く者の姿はない。ただ死と破壊のあとだけが荒涼と続いている。

しだいにアウロラは、この荒れ果てた都市にいることが息苦しくなり始めた。どこから狙っているともしれず、どこにいるともしれない銀騎士や、竜頭兵の影に背筋を寒くすることに疲れたのである。少し止まって、休息をとろう、と呼びかけようとしたとき、彼女の目は、さきの街角にある崩れた家屋の奥で、ちらりと動いた小さなものを認めた。

「あっ……」

「どうした？」

すばやく反応したのはカリスだった。アウロラが手をのばすと、指さされた先に馬を降りて駆けていき、中にもぐり込んだ。がさごそと動きがあり、やがて、きぃーっという高い悲鳴が上がった。カリスがののしり声を上げた。がらがらと何かが崩れ落ちる音がして、カリスが出てきた。小脇に、しきりに暴れる小さなものを抱えている。

「子供です」

カリスは言った。

「ひどく汚れて、痩せていますが、どうやらクリスタルの……あつっ」

カツン、とどこからか飛んできた石がカリスに当たった。つづけてコン、ガツン、とさまざまな大きさ重さの石やがれきがばらばらと降ってきた。アウロラとルカスがあわてて走って石の雨を払いのけた。子供はますますはげしく暴れている。

「アメルを離せよ！」

甲高い、怯えた子供の声が響きわたった。

「どっから来たのか知らないけど、おまえたち、銀騎士の仲間なんだったら、ただじゃおかないからな！」

道路の向かい側の傾いた屋根の上に、裸足で、痩せこけた男の子が両足をふんばって立っていた。

黒い髪が長く伸びて、骨ばかりの肩に女の子のようにかかっている。もとは品のよいものだったらしい汚れたチュニックを身につけ、肩を怒らせて立っている様は十二、三くらいに見える。骨と皮ばかりにやせ細っているが、高い鼻梁と形のいい口、涼しい目はかなりの生まれの良さをうかがわせる子供だった。

「ほう、ようやく、生きた人間に会えたな」

グインがずいと出ていくと、その豹の頭を見て、男の子は息を呑んで目を丸くした。

その間に、カリスに抱えられていた子供はどうにか腕からもがき出て、地面に飛びおりてふらふらしながら走ろうとした。暴れて息が切れていたせいか、あっさりまたルカスに抑えられてしまう。

「タラミア兄ちゃん！」アメルと呼ばれた子供はきいきい泣きわめいた。「タラミア兄ちゃん助けて！　助けて！」

「俺たちは悪意のあるものではない。銀騎士の仲間でもない」

グインは声を張って言った。

「俺たちはわけあってこのクリスタルに、人を探してやってきたものだ。おまえたちに危害を加えるつもりはない」

「豹の頭……」

タラミアというらしい少年はそっと言った。後ろで、手に手に石やがれきをつかんで投げる用意をしていた仲間の子供たちを手まねで下がらせる。

「豹の頭をしてるあんた。あんた、もしかして——ケイロニアの豹頭王かい？　豹頭王の——グイン？」

「そうだ」

泣きわめいていたアメルも、進み出てきたグインの豹頭を見たとたん、どぎもを抜かれたのかぽかんとして動かなくなった。

「あんたがほんとにケイロニアのグインなら、どうしてこんなところにいるんだ」

「俺はある人物に会って話を聞くためにクリスタルにやってきた。だが、あまりにも破壊がひどく、生きている人間が誰も見当たらないので途方に暮れていたところだ。もし、おまえたちが、クリスタルのようすを話してくれるというなら、ありがたい。ルカス、その子を離してやれ」

言われてルカスが手を離すと、アメルは地面に飛びおり、よろめきながらタラミアのいるほうへ向かって走っていった。タラミアは無事にアメルが仲間に迎え入れられるのを確かめると、腕を組んで、じっとグインを眺めた。その目には子供らしからぬ、人を量るような色があった。

「あんたがほんとにグインなら」ついに彼は言った。「ついてきてよ」

タラミアは南クリスタルのはずれにある廃屋に子供たちを集めていた。彼は、例の竜頭兵騒ぎがあったあと、親を亡くした子供や帰るところのない子供を集めて、助け合いながらここで生活しているのだということだった。

彼自身はもともと、そこそこ裕福な服地商の子供だったらしいが、両親は竜頭兵の襲撃の時に殺された。彼は母親が地下室に押し込んでくれたおかげで難を逃れたが、地下室から出てきたとき、すでにクリスタルは死の都と化していた。空腹と喉の渇きに苦しみ、食物を求めて破壊された家々を徘徊していたとき、同じように保護者を亡くした子供たちと出会い、自然に、集まって住むようになったのだという。

「俺がいちばん年上だから、俺が兄ちゃんってことになってるけど」

タラミアは十三歳だと言った。

「でも、基本的には、みんなで協力し合って、上下関係なしで暮らしてるんだ。でないと小さいのの面倒みきれないし、余裕なんてないから」

タラミアたちの隠れ家は子供ばかりのわりには片付いていた。子供らは下は二、三歳、上はタラミアの十三から十歳前後ほどだろうか。ざっと数えて二十人近い人数が、油皿のうす明かりの中にうずくまっている。

もとは酒場か何かだったらしい広い半地下の部屋に、廃屋から集めてきたらしい布団や毛布を敷いて寝床を作ってある。水を入れた壺の横には石を積んで作ったかまどもある。かまどにはばかでかい鍋の中にひしゃくがつっこんであって、燃えさしの薪がうっすらとまだ煙を立てていた。

「ほかに生きている人間はいないのか。大人はどうした」

「知らない。俺たち、見つかんないようにしてるし、銀騎士にでもつかまったらやばいから。あんたたち、銀騎士、知ってる？」

「ここへ来るまでの途中の村で遭遇した。若い男女をさらっていくのだと聞いたが」

「それ」タラミアは手で鼻の下をこすった。

「時々、つかまえた人間を連れて銀騎士の集団が通りぬけていくのを見かけるよ。もしかしたら大人の生き残りもつかまえられてるのかもしんない。たいていは近くの村や集落へ行ってつかまえてきてるみたいだけど」

「そのようだな。ここへ来るとき、一度出会った」

「あんたたち、そいつらをやっつけたの？」

タラミアは目を丸くした。グインの豹頭と、アウロラやルカスたちを交互に見つめ、目の前にいる相手が、ほんとうにケイロニアのグインだということに思い至ったようだった。ごくっと喉を鳴らし、細い脚を小さく折りたたんで、ぎゅっと両腕で締めつける。

「あの者たちは、人間を集めて何をしているのだ？」

「知らない。俺たち、あいつらを見たらさっさと逃げ出すようにしてるから。捕まえるのは大人たちだけじゃないかもしれないし」

「それがいいわね」とアウロラが低く言った。彼女の頭の中には、はねとばされたうつろなかぶととそこから立ちのぼる黒いもや、そしてとかげ犬の姿が浮かんでいるにちがいなかった。

「それで、あんたたちは、何しにクリスタルまで来たんだい？」

「ある人物に会いたいのだ」

　グインは身を乗り出した。

「おそらくこのクリスタルのどこかにいると思われるのだが、その……ディモスという名前を聞いたことはないか、皆。あるいは、銀騎士に襲われず残っている大人を見かけた者はいないか。俺は、その人物に会って話をするために、ここまで来たのだ」

「ディモス？」タラミアは頭を振り動かして首を振った。

「うーん……どっかで聞いた気もするけど。もしかしたら、父さんか母さんが、客の話をしてたときに聞いたことがあるかもしれない。その人、金持ち？」

「ああ。だろうと思う」

「なら、もしかしたらうちの店に注文を出したこともあったかもね……でも、うーん、駄目だな、覚えてないや。店の取引のことにそんなに注意してたわけじゃないし。おい、おまえたち、どうだ？」

　タラミアは思い思いに床に座ったり立ったりしている子供たちに問いかけた。

「銀騎士に襲われてない大人を見かけたやつはいないか？」

　ざわざわと話し声が起こった。子供たちはこそこそと互いにささやき合っていたが、やがて、ひとりの目ばかり大きい痩せっぽちの男の子が、ひじでつつき出されるようにして前に出てきた。

「なんだ、エム、どうしたんだ」タラミアは言った。

「なんか、見たものでもあるのか?」

「お、お、俺——」

四方八方からこづかれながら、エムと呼ばれた少年——六つか、七つそこらで、赤っぽいぼさぼさの髪がひどくもつれており、ぽこんと突き出たひざが泥で汚れている——は、もじもじと両手を握り合わせた。

「ディモスとかいう人は知らないけど、こないだ、大人を見たよ」

「本当か」

ルカスが色めき立った。

「どんな大人だ。どこで見た」

「イラス通りの噴水んとこで。——その、俺、食べ物探してあのあたりに潜ってたら、見つかっちゃって、つかまえられたんだよ」

「エム!」タラミアが非難めいた声をあげた。

「おまえみたいなちっちゃいのは、一人で動いちゃいけないっていつも言ってるじゃないか」

「でも、あれはまだタラミア兄ちゃんに会う前で、俺、ちっちゃいのたちに食わせなきゃならないってせいいっぱいだったから……」

エムはもごもごと言った。数人のもっと幼い子供たちが、守るようにエムの周囲に集まった。

「エムはまだ何日か前にここへ来たばっかりなんだ」

タラミアは誰にともつかず説明し、さあ、とうながした。

「わかったよ、そいじゃ、おまえがまだイラス通りのあたりでちびたちといたころだな？」

「うん。あそこらへんの、大噴水のあとあたりで、店の地下にでも何かないかと思ってさぐってたら、つかまって、引きずり出されたんだ」

「どんな相手だった？」

「剣士みたいな格好の、ごつい男だったよ」

そう言って、エムは頭をうなずかせた。

「それから、女みたいに凄くきれいな、若い男と……でっかい男のほうはほとんど口をきかなかったけど、きれいな男のほうは、俺に人を探してるって言ってた。そんで、銀騎士のこと話したら、あいつらが行くお城のほうへ案内してくれって言うじゃないか」

エムはぶるっと身を震わせた。

「俺、やだって言ったけど、女みたいなののほうが案内してくれって。もう一人のほう、そのでっかいのも腕が立つから大丈夫だとか言って。俺、怖かったから、とにかくよく銀騎士を見かけるイラス川の端までは連れてったけど、そこで別れた。そ――それで…

ふいに恐ろしいことを思いだしたような顔で、エムは小刻みに震えだした。

「そいつ――そいつ、告げ口すんじゃねえぞって言った……俺のことを……でないと――

……」

がたがたと震えだしたエムを、グインはしばらく見つめていたが、やがて腕を伸ばして胸に抱きしめた。広くて厚い胸の中で、エムの震えはしだいに鎮まっていった。

「あったかいや」くぐもった声でエムは言った。

「豹頭のグイン。あんた、とってもあったかいんだね」

「怖がることはない、エム」

染み入るような声でグインは言った。

「俺がいればどのような相手にもおまえに指一本触れさせるものではない。怖がらずに、そやつらがどちらへ行ったかを教えてくれ――イラス川の端と言ったな。それはクリスタル・パレスの近くなのか？」

「そうだよ」

グインに抱かれて安堵したように肩に頭をあずけながら、エムはうなずいた。

「角を曲がればお城の南大門が見えてくるってあたり。お城の真正面にあたるとこだよ。イラス大橋を渡って中州に入って、少し行ったあたり……」

「なるほど」

　エムをそっとおろすと、グインはアウロラたちに向かって、

「その場所へ行ってみよう」と告げた。

「危険ではありませんか？」

「危険はこのクリスタルへ入った以上承知の上だ。……エムが見たという二人連れはディモスとは違うのは明らかだが、人を探していると言っていた以上、なんらかの理由があってクリスタルに入り込んできているのだろう。あるいはわれわれの持っておらぬ情報を知っているかもしれぬ。このありさまのクリスタルの中で、ディモスがどこにいるかを考えれば、まず探すべきはクリスタル・パレスの中だろう——いや」

　自分の言った言葉に、グインは自分で首を振った。

「クリスタル・パレスはおそらく竜王の魔道で封じられている。……すると外か。あるいは魔道師によってディモスは出入り自由にされているのかもしれんが、だとすると、厄介だな。われわれはクリスタル・パレスに入れん」

「とにかく、行くだけ行ってみるのがいいのではありませんか」とカリスが言った。

「危険は承知の上なのは陛下のお言葉の通りだ。その二人連れが、何を求めてクリスタルに入ってきているのかも気になる。できうるならその二人を見つけて、何を探しているのか吐かせましょう。ディモス殿と関係があるかどうかはわかりませんが、この際、

情報は少しでも多いにこしたことはありませんから」

2

タラミアとエムを馬の前鞍にのせ、グインたちはクリスタルの廃墟を進んだ。

このような事態でも、大きな馬の鞍に乗せてもらえるということは子供心を刺激するらしく、エムはほとんどはしゃいでいるといってもいい状態で、タラミアも頰を上気させ、興奮気味にあたりを見回していた。

「こんなにおっきな馬、見たことないや」

ルカスの馬に乗せられたエムは、グインがまたがる馬をうらやましそうに眺めてため息をついた。

「ねえ、ケイロニアの馬はみんなこんなにおっきいのかい？　それとも、あんたの馬だけ特別なのかな？」

「そうだな、まあ、特別といっていいだろうな」

グインは笑って答えた。

「なにしろ、俺はこのような図体だからな。運べる馬となるとどうしても数が限られてくる」

「ああ、それで、こっちの馬はあんまり大きくないんだね」

と、自分の乗せられているルカスの馬をちょっとうらめしそうに見る。ルカスはかちんと来たようすで、

「こら、大きくないとは何だ。それは陛下の馬と比べれば大きくはないが、これでも立派なケイロニアの名馬なのだぞ」

「失礼なこと、いうんじゃないぞ、エム」

アウロラの馬に乗せられたタラミアが大人ぶった口調でいさめた。

「この人らはえらい人で、ケイロニアの王様とそのお付きの人たちなんだからな」

「俺は別段偉い人間などではないぞ」グィンは苦笑した。「確かに王という地位には就いているが、それで俺の価値が決まるというものではない」

「陛下は陛下であられます！」と〈竜の歯部隊〉のカリスが興奮気味に言った。

「陛下はケイロニア王であり、われらが豹頭王陛下であらせられます。そのことは、たとえ陛下ご自身といえども、否定なさることはできませんぞ」

「わかっている、わかっている。おまえは律儀だな、カリス。……まだ先か、エム」

「ううん、もうすぐそこ。あそこがイラス大橋で、あの噴水のある広場の手前あたり、中州に入るか入らないかのとこ。……このへん」

エムの言葉に従って、一行は馬を止めた。クリスタル・パレスの白い姿が、まぼろしのようにすぐ近くに浮いている。ルアーの塔、ヤヌスの塔、サリアの塔をはじめ、優美に伸びるいくつもの塔が、破壊された街路を抜けてきたあとでは冷たい空に助けを求めて伸びる麗人の指のように見える。

「ここでその二人に会ったのか？」

「そう。あそこの店に隠れてたら」

と屋根が傾いて半壊した商店のあとらしきものを指さし、

「急に大きな男が来て、腕をつかんで引っぱり出されちゃったんだ。それからイラス大橋を渡って、あっちの角を曲がって……」

言われるままにイラス大橋を渡り、もはや水の出ていない噴水のある広場を通る。ここも人々が逃げまどったあとがありありと残り、エムもタラミアも、怖そうにぎゅっと馬の首にしがみついていた。

「あの角か。……三人は、タラミアとエムを守ってここにいろ」

「陛下！」

「陛下、危険です！」

「さっきも言ったが、危険は承知の上だ」

グインは馬を降りた。剣を抜き、エムのさした曲がり角へ向かって慎重に歩を進める。

全身を耳にしながらゆき、忍び足で角を曲がったとたん、グインははっと立ち止まった。

「なんだ、これは……！」

そこから先は、町がなかった。それまでは破壊されながらも続いていた街並みが、まるで大きな剣か、はさみできりとられでもしたように、ばっさりと消えている。

クリスタル宮の白い城壁がさえぎるものなくはっきりと見える。ごっそりとえぐられた境界線上に進み寄って、グインは、片膝をついて首を伸ばしてその内側をのぞき込んでみた。

グウッとうなり声が漏れ、トパーズ色の両眼が爛々と燃えあがった。「陛下？」気がかりそうなルカスの声が追いかけてくる。

「カリス、ルカス、ここへ来てみろ」

押し殺した声でグインは言った。

「銀騎士どもに連れ去られた人間がどうされているか、その秘密がわかったぞ」

二人はけげんな顔をしながらも馬を駆けさせてきた。ばっさりと切り取られた街並みに声を失い、首筋の毛を逆立てながら片膝をついているグインのそばへ寄ってのぞき込む。

「うわっ――」

「な、なんと」

広大なすり鉢状の広場——とでも言うべきだろうか。それが、えぐりとられた街のあとにできていたものだった。幅数十タッドにも及ぼうという巨大な円形のくぼみが街のあった場所にできており、そこに、異様にぎらつくうろこを持った、おびただしい数の——怪物が眠っていた。

竜頭兵。

彼らは巨大な頭を胸に垂れ、尻尾を丸め、手足をちぢめた胎児の戯画のような姿勢で、丸くなってずらりと並んでいた。

かれらのぬらつく緑のうろこの上で、陽光が躍っていた。巨大な卵の殻を地面に押しつけたような半球形のくぼみは、らせん状に並んだ竜頭兵で埋めつくされていた。

冬の初めの風が吹いているにもかかわらず、あたりはぼうっとするほど温かい。まるでくぼ地全体をびっしりと埋めつくす竜頭兵が放つ異形の生命力が、あたりの空気を熱しているかのようだ。

そしてなお恐ろしいのは、そのらせん状の竜頭兵の最後尾に並べられている、一連の人間たちの群れだった。

彼らもまた身を丸め、頭を下げた胎児の姿勢で、丸くなっていた。みな若い男や女で、年寄りや子供はいない。肌が妙に青白く、ぶよぶよとして、なかば透きとおって見える。あたかも、その中に新たな形態がうごめいてでもいるかのようだった。

　三人の異様な雰囲気に何かを感じたのか、アウロラも近づいてきた。一帯の異常な光景に息を呑んで身を引く。

「竜頭兵を……作っている……？」

「銀騎士は竜頭兵に変える人間を狩るために近隣の村を襲っていたというのか……」

「助けなければ！」

　アウロラが叫んで、すぐ近くで眠っていた女性の脇に手を入れて持ち上げようとした。手足をからめ、必死に持ち上げようとがんばる。だが、女性はぴくりともしなかった。最初からこのなめらかな白いくぼ地に釘付けにされてでもいるかのように、じりりとも動かせない。

　ルカスやカリス、グインも、力を合わせて一人でもこのくぼ地から引き剥がそうとしたが、グインの金剛力をもってしても、持ち上げるどころかその場から引き剥がせるものはなかった。

「どうして動かないの！」

　アウロラが身体をのけぞらせるようにしながら力をこめつつ叫ぶ。

「どう――して――動か――ないの！　動かさなきゃいけないのに！　助けなきゃ――いけないのに！」

「いったいどうしたんだ？」

心細そうな声がした。四人ははっと振り向いた。馬のところで待たせられていたタラミアとエムが、戻ってこないアウロラたちを待ちかねて、こちらへやってきていた。

「来てはいかん!」

グインの叫びに二人はびくっと足を止めたが、その時にはもう、彼らはくぼ地の中にあるものを目にしていた。

タラミアの口からか細い悲鳴がもれた。彼は吐くのをこらえるように口を両手で押さえたが、その声はしだいに大きく、甲高く、引き裂くように悲痛になっていった。

エムも同様だった。心細そうに歩きかけていたままの姿勢で凍りつき、口を開けていた。はじめ、まったくの空白だったその顔は、やがて恐怖の一色に塗り隠されていった。笛のような悲鳴が漏れ、裏返った泣き声が洪水のように口からあふれ出た。

「タラミア!　エム!」

逃げ出すこともできず、その場に凍りついたまま悲鳴をあげ続けている二人に、グインは駆け寄った。両腕で一気に抱きかかえ、見てはならないものを視界から隠してやろうとする。

「陛下!」

あとからアウロラの、これもまた悲鳴のような声が届いた。

「竜頭兵が——動き出しました!」

　ずらりとならんだ竜頭兵の中心のほうで、もぞもぞと動く何かが見えた。むっくりと、巨大な頭を上げたそいつは、ほとんど頭を二つに割るほど大きな口をパクリと開けると、ずらりと並んだ牙をむきだした。においをかぐように、くぼ地の上の端にいるグインたちにむかって、醜い鼻面を振り上げる。

「逃げるぞ！」

　間断なく悲鳴をあげ続けるタラミアとエムをかっさらうように馬に乗せて自分もまたがり、グインは手綱を絞った。馬は竿立ちになって向きを変え、どっと駆け出した。アウロラ、カリス、ルカスの三人も馬に飛び乗った。竜頭兵はすでにくぼ地のなかばまでよじ登ってきていた。

「大丈夫だ、気をしっかりもて、大丈夫だ」

　叫び続けるエムとタラミアをしっかり抱きかかえて、グインは繰り返し言い聞かせた。

「おまえたちには指一本触れさせん、大丈夫だ、心配するな、大丈夫だ」

「陛下、追ってきます！」

　アウロラが叫んだ。グインは振りかえった。てらてらした緑色のうろこの群れが、角から溢れるように湧き出てくるところだった。なまぐさい、いやなにおいがぷんと漂った。グインは歯ぎしりし、手綱を引いて馬を止めると、集まってきたカリスとルカスの馬に、それぞれエムとタラミアを移した。

「おまえたちは先に逃げろ。俺はここで、あの怪物どもを食い止める」

「陛下、それは——」

「逃げろ。この子供らをここに連れてきたのは俺たちだ。何としても、子供らは守ってやらねばならん」

カリスはなおも何か言いたげに口を開いたが、グインの断固とした表情にぶつかって口をつぐんだ。タラミアとエムがあわただしく抱き渡され、前鞍にしっかりと乗せられた。アウロラは胸の指輪をしっかりと握りしめながら青ざめていた。指輪は痛いほどに冷たく、胸の上で震えていた。

「陛下、私も戦います」

「万が一、奴らの別働隊がいた場合のために、おまえも子供らのそばにいてやってくれ、アウロラ。魔道の兆候がわかるおまえがいれば、突然襲われることもないだろう。逃げおおせたら、タラミアのねぐらで落ち合おう。行け」

「陛下——」

「行け！」

アウロラはぐっと唇を引きしめた。そして馬の脇腹を蹴り、すでに走り出していたカリスとルカスのあとを追った。三頭の馬が遠ざかるのを背に、グインは馬を降りた。馬の首を引き寄せ、囁く。

「おまえも逃げていろ。ここは俺ひとりでなんとかする。あとでまた会おう」

　馬は抗議するようにいなないたが、向きを変えられ、ぴしりと尻を平手で叩かれると、不承不承といったように歩き出し、しだいに早足になってアウロラたちの行った方向へ消えていった。グインはいまやひとり、徒歩立ちになり、抜き身の剣をひっさげて、押し寄せてくる竜頭兵の群れと真正面から相対していた。

　先頭の一匹が吠えながら大口を開けた。グインの腕が矢のように飛び、大口の真ん中を剣が貫き通して一気に切り裂いた。頭部を半分切り裂かれた竜頭兵はガチガチと牙を鳴らしながらも吹っ飛び、どさりと倒れた。二番手がその死骸を乗り越えるようにして襲いかかった。グインの剣が激しい勢いでそいつの肩にぶつかった。堅牢なうろこが剣をはじいてすべった。だがグインはあわてず、そのまま剣をぐっと押して喉笛を貫通させた。ほとんど頭を切り落とされて竜頭兵はどっと横倒しになった。

　三番手、四番手が押し寄せ、やがて数もわからなくなった。猛烈な生臭さと、青臭い血のにおいがたちこめた。グインが剣を振るたびに、竜頭兵が右へ、左へとどさりどさりと倒れていくが、あとからあとから押し寄せてくるかれらは尽きることがないかのようだった。

　頭上に動くものを察知してグインは身をひるがえした。家屋のがれきによじ登った竜頭兵が、強靱な脚で跳躍してグィンの頭上に飛びおりようとしているところだった。危ういところでかわし、まともに下から剣を切り上げる。腹部から喉を真っ二つに切り裂かれ、紫の血を噴き出しながら竜頭兵はどっと倒れた。

「来るがいい、呪われた者どもよ！」

グィンは吠えた。ねばつく血が全身に降りかかり、固いうろこを何度も叩いたために腕がしびれかけていたが、ここから一足も先へはやらせないと決意していた。また跳躍して飛びかかってきた一匹を串刺しにし、振り向きざまに口を開けていた一匹を横薙ぎに切り捨てる。太い尻尾がばたばたと地面を打ち、死にきれぬ竜頭兵があたりでのたうち回っていた。流れ出した紫の血が血だまりを作り、ねばねばと足にまつわりつく。

固い頭蓋骨を真っ向からぶち割り、のばされた鉤爪の手を切り飛ばす。ぶんと振りまわされた尻尾を蹴りとばし、背中から斜めに深々と切り裂く。あたりにはいつか、竜頭兵の死骸がるいるいと積み重なっていた。そのまっただ中に立つグィンは、全身紫の血にまみれ、トパーズの目を爛々と燃やしてすさまじいありさまになっていた。

「豹頭王、グィン陛下！」

次に襲いかかってくる相手にむけて身構えようとしたとき、頭上から朗々と響く声が呼ばわった。同時に、ぴたりと竜頭兵の動きが止まった。ちょうど目の前の相手に切りつけようとしていたグィンは、剣を途中で止めてあたりに目をやった。

「誰だ？」

「わたくしでございます。……ただいま、姿をお見せいたします」

空中にもやもやと黒いもやが沸き立っていた。それは濃くなり、固まって、黒衣をまとった魔道師の姿となった。顔は深く下げたフードのかげに隠れて見えない。

「わたくし、カル・ハンと申します、グイン陛下」

深々と頭を垂れて魔道師――カル・ハンは言った。

「さるお方のご命令を受けて、卑しきものどもの邪魔から陛下をお救いいたし、陛下の求めておられる人物のもとへお導きするよう、命じられて参りました」

「さるお方？」

グインはまだ警戒を解いていなかった。「さるお方とは、誰のことだ」

「さあそれは、そのお方がそのおつもりになられたときに、お知らせなさいますでしょう」

はぐらかすようにカル・ハンは言った。

「それよりも、高貴なお方がそのような下賤なものの血で汚れていてはいけませんな」

そう言ったかと思うと、グインの全身にふりかかっていたねばねばした紫色の血が消えた。なまぐさいにおいも消え去り、衣服は多少破れてはいるが、なにごともなかったかのようにきれいになった。

同時に、動きを止めていた竜頭兵が波の引くように後ろに下がりはじめた。続々と押し寄せてきていたうろこの怪物が音を立ててひいていく。あっという間に街路はからっぽになり、あたりには、死んだ竜頭兵の骸ばかりが積み重なっているだけになった。

「きさま、竜頭兵を操るか」

きっとグインは頭上のカル・ハンを見上げて詰問した。

「こやつらを操るということは、きさま、竜王ヤンダル・ゾッグの手の者か」

「さようです、と申し上げたら、どうなさるおつもりですかな」

「斬る」

「おお、恐ろしい」

カル・ハンはふざけたように身を縮めて震えてみせた。

「わたくしはただ、わたくしの主でいらっしゃるお方に仕えておりますのみ……それが竜王であるか、そうでないかは、陛下のご想像にお任せいたしましょう。しかし、今のところは、陛下にお手向かいするつもりはないということで、ご納得願えませんでしょうか。あの者どもをさがらせたことで」

すっかり姿を消した竜頭兵の去ったほうを漫然と指さし、

「少なくとも、御身に危害を加えるつもりはないということは、おわかりいただけると存じますが」

「わかるものか」

グインは吐き捨てたが、剣を持っている手は少し緩めた。少なくとも、目の前の相手が今すぐ自分をどうこうしようとはしていないということは、信じてよさそうに思えたのである。

「俺をどうするつもりだ」

「陛下がお探しの人物のもとへご案内いたします」

「俺が誰を探しているか、知っているというのか」

「はい」

フードの内で、カル・ハンが笑った気配がした。「そのように存じております」

「ならば――」グインは用心しながら剣を鞘に戻した。

「案内してもらおうか。ディモスのところへ」

「承知いたしました。こちらでございます」

カル・ハンは空中に座った姿勢のままふわりと向きを変え、グインの先に立って飛び始めた。一瞬、アウロラやカリス、タラミアたちのことが頭をよぎってためらったが、グインはカル・ハンについて大股に歩きはじめた。

「まさか、俺の連れには手を出していまいな」

「まさか、そのようなことは。お連れ様がたは安全に、もとの隠れ家へと落ち延びていらっしゃいますよ。陛下のことを心配なさっておられます」

　空中をすべるように飛びながら、カル・ハンは言った。

「陛下のご無事をお知らせできればよいのですが。いったんお戻りなさいますか」

「……いや」

　一瞬考えて、グインは頭を振った。いろいろ考え合わせて、ディモスに会うのは自分ひとりのほうがよかろうと判断したのである。ディモスはケイロニアの要人であり、十二選帝侯のひとりである。そうした相手を詰問するときに、騎士であるカリスやルカスがいることは望ましくあるまい。

「ディモスには俺ひとりで会う。連れのものたちにはそのあとで合流しよう。ディモスはどこにいるのだ」

「あせらずに、陛下、あせらずに。こちらへおいでなさいませ」

　悠々とカル・ハンは宙を飛んでいく。グインは少しでも怪しい動きが見えたらすぐに抜き放てるように剣に手をかけながらついていった。そのことはカル・ハンも気づいているようだったが、おもしろがっているようでなにも言わなかった。

「それにしても、お強うございますな。さすがは豹頭王陛下」

　からかうようにカル・ハンは言った。

「あの竜頭兵、あの程度の者に後れをとられるとはわたくしも思っておりませせなんだが、いや、想像以上に縦横無尽、あれだけの数の竜頭兵をまたたく間に倒してのけられたのには感服つかまつりました」

「世辞はいらん」そっけなくグインは言った。

「世辞などと。ただ、あまりにもためらいなく倒されるので、少々驚いたというばかりのことで。もしかしたら、あの竜頭兵が、さらわれてきた人間たちの化した者かもしれぬということは、少しもお気になさらなかったとみえる」

白刃が走り、カル・ハンのローブの裾を切り裂いた。カル・ハンはすっと浮き上がってグインの剣を避けた。

「おう、怖や、怖や」かすかに含み笑う声が聞こえた。「どうやら、お気に障ったようで、お許し願います」

「あれがもとは人間であったかもしれぬことくらいわかっている」

苦渋に満ちてグインは吐き捨てた。

「ただ、戦わねばやられる、それだけだ」

もはや人間には戻してやれぬのなら、せめて死なせてやるのが情けだと思ったのもある。アウロラやルカス、カリスを去らせたのも、エムとタラミアを早く遠くへ逃がしたのも、危険という以上に、もとは人間であったかもしれない相手と戦わせたくなかったという理由もある。エムとタラミアは特に、ひょっとしたら、顔見知りであったかもしれない相手が竜頭兵となっている可能性すらあるのだ。もはやどちらにとってもわかりようがないとはいえ、近づけるのは悲劇であろう。

「すばやいご判断、さすがは英雄であらせられる——」

「黙れ」怒気を抑えてグインは怒鳴った。「それ以上しゃべるな。一言でもしゃべったら、きさまを唐竹割りにしてくれるぞ」

カル・ハンは忍び笑い、それ以上、なにも言わなかった。

クリスタル・パレスの正面である南大門から東へまわって進んでいく。アルカンドロス大広場を抜けて、北クリスタル地区のほうに向かっていった。商店や一般人の家は減ってゆき、しだいに、貴族階級の優雅な邸宅が左右に建ち並びはじめた。破壊の度合いは南クリスタルと同じく惨憺(さんたん)たるものだったが、優雅な小塔をそなえていたり、左右に広がった翼に、荒らされてはいるがかつては華麗なものであったであろう庭園を広げていたりと、過ぎし日の栄華は明らかだった。

ここでも殺戮(さつりく)のあとは激しく、血痕があちこちに散り、鋭い爪に裂かれたように塀や壁に削れた跡が残っている。血に染まったカーテンが家の窓から垂れ下がり、風に亡霊のように揺れている。

「こちらでございます」

カル・ハンが止まったのは、そんな荒れ果てた街路の中にある、ある一軒の邸宅の前だった。グインは見上げて、すぐに異常に気づいた。

「これは――」

異常がない。むしろ、そのことが異常だった。

周囲の邸宅はすべて破壊され、なまなましい血のあとをつけて荒れ果てているというのに、目の前の邸宅だけは、そこだけが嵐が避けて通り過ぎたとでもいうように、傷ひとつなかった。

典型的なクリスタル様式の典雅な邸宅で、庭園にはルノリアをはじめたくさんの花を取りそろえ、細い小塔がふたつ、天に向かって伸びている。屋敷の正面には白い石で組んだ階段が貴婦人の裳裾(もすそ)のように弧を描いて広がり、半裸のニンフを題材にした彫像を頂いた噴水が、絶えたことなどないかのようにのどかに水を噴きだしつづけていた。

細い鉄で華麗ならせん文様に組み合わせた門扉が閉まっている。グインが手を当てて押すと、音も立てずに中へ向かって開いた。

踏み込むと、白い敷石がカツンと固い音を立てた。敷石もまた磨かれたように白く傷ひとつなく、噴水の音がおだやかに響いている。

カル・ハンはいつの間にか姿を消していた。グインはしばらく立ち止まってあたりの様子をうかがっていたが、やがて意を決して、流れるように広がっている邸宅の表階段に足をかけた。

3

　階段に足が当たる音だけが固く響いた。グィンは銀線で飾られた表扉に手をかけたが、そこも鍵はかかっていなかった。軽く押し引きするとあっさりと手前に開き、グィンはそっと屋敷の内部に滑りこんだ。

　入ったところは広大なホールになっていた。白い石の穹窿（きゅうりゅう）がゆるやかに天井へと続き、天井には、金と青とで輝く星空と、その下で踊る乙女たちの天井画が描かれている。周囲は白い円柱で囲まれ、雪花石膏の壺が、花を満載にして壁龕（へきがん）に配されてあった。縦にいくつも細く切られた窓から、外の光がうす青く入ってきている。

　出迎えに来るべき使用人の姿はなかった。出迎え、あるいは、少なくとも誰何（すいか）に出るべきものは誰もおらず、奥に続く通路はしんと静まりかえっている。

　足音を忍ばせつつ奥へと進む。屋敷は女性のにおいがした。そここににおいのよい果物の鉢が置かれ、なまめかしい薄紅の絹の幕が垂れて、部屋と部屋とを仕切っている。家具はどれもパロの華奢（きゃしゃ）な細工の中でも女性好みの、金と白の流麗な細工のもので、サルビオの典雅な香りがそこはかとなく漂っていた。

深紅色に金の房のついたクッションが配置され、どの部屋にも、花であふれんばかりの花瓶が配されていた。壁には手の込んだつづれ織りや名匠の手になるものらしき絵画が飾られ、どれも高価、かつ、高雅な趣味を語るものであった。

この館の主人がいかなる人間であれ、趣味の良さは認めるべきであろうとグインは密かに思った。また同時に、こんなところにほんとうにディモスがいるのかいぶかしく思った。パロ駐在大使であるディモスは、もっとクリスタル・パレスに近い公邸に身を置いているはずだ。少なくとも、ケイロニア人のディモスであればこれほど華美な屋敷に好んで身を置くとは思えない。グインの知っているディモスなら、あまりにも華麗な場所は自分の身丈にあわないからと、顔を赤くして辞退するはずだ。

いぶかしさをそのままに、グインはさらに中へと進んだ。やはり、誰も出てこない。花や果物がととのえられ、清掃も行き届いている以上は使用人はいるはずだと思われるのだが、誰ひとり姿を現さなかった。

いくつかの部屋を歩き回ったが、どの部屋にも人気はなかった。グインは、カル・ハンが結局は自分をもてあそんだのではないかと思い始めた。

その時、かすかに紙のこすれるような音がした。ぴくりと耳を立てたグインは、すべるように突き当たりの一室へと近づいていった。扉は開いていて、向こうが覗けた。大きな窓のある明るい部屋で、そのまま瀟洒な中庭に出られるようになっているようだ。ここにも噴水があるらしく、涼やかな水の音が聞こえる。

中は書斎になっているとおぼしく、大きな執務机と、あたりを囲む本の棚がぼんやりと見てとれた。机に、金髪の男がこちらに背を向けて座り、何かの書類の上に身体をかたむけている。

グインはひと足で中へ入り込むと、深く響く声でただ一言告げた。

「ディモス」

ディモスはふっと顔を上げた。

はじめグインを見た顔は、夢を見ているかのようにまぶしげで何の感情も浮かんでいなかったが、それが誰であるかを理解したとたん、毒々しい花のように、狼狽と憎悪、侮蔑、憤怒、猜疑といった色がつぎつぎと秀麗な顔を通りすぎていった。

「陛下」

ディモスは書類を置いて立ちあがると、馬鹿丁寧に胸に手を当てて一礼した。

「豹頭王陛下にこのようなところまでおいでいただくとは、このディモス、光栄至極につきます」

「何を言っているのだ、ディモス」

グインは一歩前に出た。何から訊いてよいのか、頭の中がぐるぐる回っていた。

まず、なぜ公邸でなくこのようなところにいるのか、なぜこの屋敷だけが襲われていないのか、間諜を使って十二選帝侯に亀裂を入れようとしていたのは本当におまえか、なぜあれほど愛していた妻子を幽閉させなどしたのか――言葉をさがしているうちに、ディモスは、さっと立ちあがって自分の椅子をグインに勧めた。

「どうぞ、陛下。臣下の私が座って、陛下をお立たせしていては礼儀にもとります」

「かまわんでくれ。俺は――俺はこちらに座る」

グインは部屋の一隅に置かれていた肘掛け椅子を引き寄せて、そこに座った。ディモスは丁寧に一礼して、また腰をおろした。

グインはディモスの顔をじっと見つめた。そこに現れている色が気に入らなかった。今は平静を装っているが、そもそもグインの知っているディモスは、このような時に平静を保っておけるようながらではない。とつぜん現れた主君に動転し、おろおろと走り回って何かしようとするのがディモスだ。落ち着き払っているなどということがそもそもあり得ない。

「外で起こっていることを知っているか。ディモス」

「ああ――？　そういえば、何か、少々騒々しいようでしたが」

無関心にディモスは言った。形のいい唇に冷笑が浮かんだ。

「なにか、ございましたか――？　この美しいパロに？　永遠のクリスタルに？」

「竜頭兵なる怪物が現れて、人々を襲ったのだ、ディモス」

辛抱強くグインはつづけた。

「クリスタルの人々は大部分が殺されるか、生き残った少数の人々も都を逃げ出している。――今のクリスタルはがれきの都市だ、ディモス。無事に残っているものなどひとつもない。この――この、おまえのいる屋敷ひとつを除いては」

ディモスは無関心そうにあくびをした。

「ディモス！」

「失礼ながら、そのようなことが私に関係あると陛下はお考えでしょうか？　クリスタルを怪物が襲った……人々が襲われ、あるいは逃げ出した……いいでしょう、それはそれで。しかし、それが私に、どういう関係があると？　まさか私が、その――竜頭兵とやらいうものを呼び出した、とまではおっしゃいますまい？」

つりあがったディモスの唇に、グインはおぞけを感じた。そして、確信した――これはけっして、自分の知っていたディモスではあり得ない。少なくとも、外側は同じかもしれないが、中身はもはやあのディモスとはまったく違ってしまっている。

「竜頭兵の惨禍を、知らなかったとでもいうのか？」

「ここのところしばらく、引きこもりがちだったものでして。……ああ、オクタヴィア陛下の戴冠式には参りましたがね」

陛下という口ぶりに、何か粘りつくようなものを感じてグインは思わずグゥッとうなり声を上げていた。その言葉を口にしたとき、ディモスの目の奥にちらりと光った光にもいやなものを感じた。まるで吐き捨てるような、苦いものでも口にするような、いまいましげな響きがそこにはあった。

「この屋敷は誰の屋敷だ？　なぜここにいる？」

「ここは……私と懇意にしてくださっているある貴婦人の館でしてね。好意で私を招いてくださって、こちらにお世話になっているのですよ」

「その貴婦人はどこにいる？　何という名だ」

「訊いてどうなさるのです？　陛下にはかかわりのないことではございませんか」

そう言って、耐えかねたようにディモスは声を出してくっくっと笑いはじめた。グインは戦慄した。なぜなら、ディモスは決して目の前の男のような、冷酷な、人を小馬鹿にしたような笑い方をする男ではなかったからだ。

「そうです――陛下――なぜお訊きにならないのですか？　なぜ私が間諜を放ったのか、と？」

とつぜん突き刺すようにディモスが問いを発した。グインは一瞬言葉を失った。

「どうです――そうなのでしょう？　本当はそう訊きたいのでしょう？　あなたがわざわざここまで足を伸ばされたということは、もうどうせすべて明るみに出てしまったからなんでしょう——そのはずだ——あのラカントの役立たずめは、ロンザニアでしくじって姿を見られてしまった——どうせ、ハゾスか誰かがあなたにご注進に走ったんでしょう。なぜ私を捕縛する使いをよこさずにあなた自身がこちらまでいらっしゃったのかは知りませんが、要するに、そういうことなんでしょう？」

ディモスは立ちあがっていた。机に覆いかぶさるように身を乗り出し、ぎらぎら光る目をグインの面上に据えている。青い目には狂ったような光が浮かび、ひきつれた唇は、笑みとも苦悶ともつかない表情で、醜く歪んでいた。

「——そうだ」

ややあって、グインは静かに言った。

「俺は、おまえに問いに来た、ディモス。なぜ、おまえがあれほど大切にし、愛していた妻子を監禁するなどという挙に及んだのか。なぜおまえがすでに定まったケイロニアの帝位を欲し、オクタヴィア女帝の位を奪取しようとするのか、俺は問いに来た、ディモス。なぜだ。おまえはそのような男ではなかったはずだ。いったい何が、何者が、おまえにそのようなふるまいをさせているのだ」

「何が、ですって？　ケイロニアへの思いですよ！」

短い、破裂するような笑い声を上げて、ディモスは両腕を広げた。

「アキレウス大帝は崩御された。万世一系の国是は皇女のシルヴィア殿下が廃されたことで守られなくなった。オクタヴィア皇女はあくまで妾腹の姫にすぎない。男子のないこの状況で、シルヴィア皇女を見捨て、その皇子の存在を隠匿し、妾腹の姫を帝位に就けて、ひそかにケイロニアを裏側から操ろうとするものがいる——そんな中で、真にケイロニアを想う人間ならば、どうすると想いますか。もっともふさわしい人間——十二選定侯家のうちから、もっともふさわしいと想われる人間を、あらためて帝位に就けるために活動する、そうではありませんか？」

「そのふさわしい人間が、おまえだというわけかな」

声を殺してグインは言った。ディモスは大仰に頭を下げてみせた。

「そうですよ。どこがだめです？　どこがいけません？　……もとよりケイロニアは十三の国家が集まって作り上げた国、皇帝家に適切な跡継ぎがないのならば、選定侯家の中から信認すべき人間を選び出して帝位に就けるのが当然じゃありませんか。ああ、それとも、私が陛下を帝位に就けるのに賛成票を投じなかったことを根に持っていらっしゃるんですか？」

「そんなことは考えてもいない。もともと俺は、帝位に就く気などなかった」

「それは、なかったでしょう。なにしろ、もうあなたは帝位に就いているも同然なんだから。シルヴィア皇女の子の存在をうやむやにし、妾腹のオクタヴィア皇女はあなたの助けがなければ夜も日も明けない。あなたは表に姿を見せずに、ケイロニア王の立場を隠れ蓑にして、うまうまとケイロニアという国家を掌中にできる、そうでしょう」

「それはとんでもない言いがかりだ、ディモス。オクタヴィア陛下は俺の助けがなくとも立派に皇帝の責を果たすだけの能力を持っておられる。俺はケイロニアの国政をどうこうしようという心はみじんもない。アキレウス大帝が引退されてからしばらくは大帝の命により一時国政を肩代わりしたが、それだけだ。オクタヴィア陛下が位に就かれた今、俺はケイロニアの政治に口を出すつもりはまったくない」

「口では好きなようにおっしゃれるでしょう。しかし、現状はすでにあなたの言葉とは反しているではありませんか」

「どこがどのように反している」

「正統な嗣子であるシルヴィア皇女を廃嫡させ……」

「それは俺が決めたことではない。選帝侯会議で決まったことだ」

「そのシルヴィア皇女の子とやらを隠し……」

「その子が存在していたことは知らなかった。ハゾスには想像妊娠だと聞かされていたのだ」

「妾腹のオクタヴィア皇女を帝位に就け……」

「オクタヴィア陛下の帝位就任は十二選帝侯会議で決定された。俺が決定したわけではない」

「あなたが決定したわけではないにしても、ずいぶんあなたにばかり都合よく事が運んだものですな？」

「だから言っているだろう、ディモス、俺はケイロニアを私することなどまったく興味がない。ケイロニア王の地位さえ、身に余るものだと思っている。俺はただ、ケイロニアという国家が安全に鎮まり、国民が心静かに楽しく暮らしていければそれでよいと考えているだけだ。なぜわからない」

「口はばったく言うものだ、豹人が」

毒々しい口調でディモスは言った。

「そのような半獣半人の怪物が、ケイロニア王などという地位に就いたこと自体がそもそものまちがいだったのだ。ケイロニアの帝室は、グイン、きさまの存在によって汚された。もはやケイロニアを統べるのにふさわしくない。あらたに、ふさわしい人間が、新たなケイロニアのために立つ時が来たのだ」

「……」

衝撃を受けてグインは立ちつくした。ディモスのことは友人だと思っていた。無二の親友であり、右腕でもあるハゾスの友であり、その質朴な人柄が愛される友だと思っていた。その友人の口から、豹人、半獣半人とののしられることは、グインの心にえぐられるような痛みをもたらした。

「どうした。俺を斬るか、豹人」

ディモスは狂ったような笑いをもらした。

「どうせそのために来たのだろう。俺を人知れず始末して、ふたたび何事もなかったようにケイロニアを操ろうという算段なのだろう。だが、俺はワルスタット侯だ。いくらおまえでも、ワルスタット侯を斬ったとなれば釈明が必要になる。そうなれば、おまえの野望が宮廷に知れ渡るのも時間の問題だ。いや、おまえは俺を斬ることはできんよ、豹人。おまえの宮廷での地位を守るためにも、俺を斬ることはできんはずだ」

グインは目を細めてディモスを注視していた。今では、ディモスが操られている、もしくは洗脳されているのではないかという考えが、確信にまで高まっていた。ディモスは絶対にこのような物言いをする男ではない。ここへ連れてきたのが魔道師だったことに鑑みても、おそらくは、ここにも竜王の魔道の手が働いているのだ。

「ディモス、今のおまえは、おまえではない。何らかの手がおまえをとらえ、そのようなことを言わせているのだ」

「ばかなことを。俺は正気だ。正気だからこそケイロニアの将来を憂え、働いている」

「俺は知っている。本来のおまえは、けっして今のような男ではない。竜王の催眠か、あるいは魔道の力が、おまえにそのようなことを言わせているのだ。俺にはわかっている。目を覚ませ、ディモス。本来のおまえに戻るのだ」

「本来の俺だと？　ばかを言え、俺が操られているなどありえない。俺は自分の頭で考え、動いている」

「そう思わせるのが竜王の策なのだ。竜王はケイロニアの国内を乱し、混乱を巻き起こそうとおまえを手先に使っているだけだ」

「竜王、竜王と、うるさいぞ、きさまは自分の支配が崩されるのが怖いだけなのだ。俺が本来そうあるべき地位に就くのが怖いのだ。俺にはわかっている。俺こそがケイロニアの帝位にふさわしい、唯一の男なのだ」

「ディモス。目を覚ませ」

ディモスはぎらついた目でグインを見据えた。そしてふいに剣を抜くと、机を越えてグインに躍りかかってきた。グインも抜き合わせた。カシーンと剣がぶつかり、ディモスの剣がくるくると回ってとんだ。ディモスは狂人のような笑い声を上げた。

グインは心苦しい思いを抱えながらディモスの身体をぐっと押さえ、首すじに軽く手刀を入れた。ぐっとうめいてディモスは身を引きつらせ、やがてぐったりとなった。だらりと弛緩したディモスの身体を抱いて、しばらくグインは身じろぎもしなかった。

ややあって身を起こしたグインの面上には憂慮の色があった。気絶させたディモスをカーテンのくくり紐で手早く縛りあげるあいだも、ふかい憂いの色は消えなかった。

いったいどうすればディモスをもとの彼に戻すことができるのか、竜王の催眠を破ることができるのか、見当もつかなかった。アクテ夫人のことが思いだされた。愛する夫がこのような状態になっていると知ったら、彼女はどれほど驚き、悲しむだろう。なぜ夫がこんな仕打ちをするのかわからないと、泣いていた彼女の顔が浮かぶ。

もし正気に戻すことができても、してしまったことへの刑罰は免れまい。たとえ竜王によって操られていたのだとしても、オクタヴィア帝にとってかわる陰謀を巡らしていたとなれば大逆の罪は避けることができない。情状酌量をかちとることができたとしても、一生を遠いベルデランドあたりで幽閉の身として暮らすのが考えられる最善の処遇だろう。

もちろん、斬首の刑に処される可能性がもっとも高い。大逆罪は、帝国としてはもっとも重い罪である。アクテ夫人や子供たちも、ある程度の連座は避けることができまい。極力罪を軽くするように働きかけるつもりでいたが、実際に裁かれるときにどのようになるかまでは、グインは動かすことはできない。

重い気分で縛られたディモスを立って見下ろしていると、戸口のあたりで、かすかな衣擦れの音がした。はっと身構える。

「ケイロニア王、グイン陛下」

ひとりの女性がそこに立っていた。流れるような青いドレスを身にまとい、顔はヴェールで隠している。わずかに見えるあごの線はやわらかく、戸口にかけた手はふっくりとまろやかな輪郭を描いている。声は細く、震えていたが、その底にはぴんと張った厳しいものが通っていた。

「わたくしはフェリシアと申すものでございます。わたくしのお仕えする方の命を受けて、あなたさまをお迎えに参りました」

4

時間は少し戻り――

「竜頭兵が動き出したって?」

ユリウスはぴょんと跳ねて首を伸ばした。文字通り、首がするするっと伸びて二階の高さにまで達する。ひょろ長い首をふらふらさせながら遠くをのぞき見ていたが、やがて満足したのか、するすると首を元通りの長さにした。今はまたあの、怪しいまでに美しい青年の姿をとっている。

「誰だろうな。おいらたちのあとからクリスタルに入ってきたってえと、銀騎士やらに連れてかれた人間を奪い返しに来たやつか、それとも……おい、パリス、ぼんやりするなよ」

隣にいた大柄な男をひじでこづく。パリスは角張った顔をぼうっと宙に向け、両腕をだらりと下げていた。ユリウスはちっと舌打ちした。

「まったく、めんどり姫さんのこと以外となっちゃ、まぬけもいいとこなんだもんなあ。

……おい、パリス、パリスさんよ、誰かがクリスタルに入ってきて、竜頭兵に追っかけられてるみたいだぜ。もしかしたら、おいらたちのあとからめんどり姫さんが連れてこられて、追っかけられてるのかもしれないよ。どうすんだい」

たちまちパリスの目に光がともった。「シルヴィアさま」と唸る。

「シルヴィアさま、助けにいく」

「へいへい。……まったく、おいらもどうしてこんなのの面倒を見てるんだかねえ」

パリスとユリウスの二人は、銀騎士らしき一隊に連れてゆかれたシルヴィアを追って、クリスタルにいる。はじめ、エムと名乗る少年の案内で銀騎士の行った方角というのに行ってみたが、そこは、竜頭兵の眠る一大巣窟だった。あわててそこから逃げ出してからというもの、ずっと、シルヴィアの姿を探してクリスタルを彷徨しているが、姿どころか手がかりのかけらすらまったくない。

ほんとうにクリスタルに連れてこられているのかあやしい、とさえユリウスは考えはじめていた。はじめの手がかりのそもそもが、シルヴィアは所属のわからない銀の鎧の騎士団に連れ去られ、それとよく似た銀騎士の集団が、クリスタルから出てきてあたりの集落や街を徘徊しているという話のみである。シルヴィアを連れていった騎士たちと、その銀騎士なるものたちが同じものである保証はない。ひょっとしたら自分たちはまるで見当違いな危険をおかしているのではあるまいかと、ユリウスは思っていた。

パリスは竜頭兵の動き出した方角へと猛然と走り出した。「ちょっ、ちょ、ちょっと待ちなよ」とユリウスはあわてて引き留めた。

「まったくシルヴィアさまと聞いたら、ぶん投げた石みたいにすっ飛んでくんだからなあ。……あのね、いくらあんただって、あの竜頭兵のまっただ中に突っ込んだら、いくらなんでも死んじまうぜ。こっそりようすを見ながら行かなきゃあ」

パリスは苛立ったように唸ったが、足は緩めた。ユリウスはほっとひと息つき、パリスを引っぱって、崩れかたむいた家々の屋根に登りはじめた。妖魔であるユリウスにはたやすいことだったが、人間であるパリスは、多少の苦労を要した。

「ようし、こっから、姿を隠しながらちょっとずつ近づくんだぜ……うひゃあ！　えらい眺めだね、こりゃあ」

ユリウスが歎声を上げたのもむりもなかった。くぼ地から身を起こした竜頭兵が、緑色のうろこをてらてら光らせながら、濃緑色の川のように街路を埋めて流れていく。ずらりと並んだ醜い頭がパクッパクッとしきりに空に噛みつき、針のような牙が白くむきだされてよだれがしたたり落ちる。引きずられた長大な尾は左右に土煙をかき立てながら振られ、金緑色のぎらつく目は川の中の光る小石のようにちらちらと揺らめいて、飢えと憤怒に爛々と輝いている。どろどろと鉤爪が地面を踏む音が響き、まるで地の底で太鼓を叩いてでもいるようだった。

「こんなのに見つかっちゃ、たちまちおいらたちおやつに喰われて吐き出されちゃうぜ、くわばらくわばら。……ん？　あいつは」

　追われていた集団からひとりの人物が離れ、剣を抜いて竜頭兵の前に立ちふさがるところだった。ひゅっと口笛を吹いてユリウスは指を鳴らした。

「おい、ありゃあ、グインじゃないか！　昔なじみのいとしのグイン、けど、なんでこんなとこにいるんだ？　まさかあいつも、めんどり姫さんを探しに来たわけじゃあるまいな？　おおっと、やった」

　ユリウスは歓声を上げた。

「それ、そこを真っ二つ、ありゃ、首が飛んだ、胴斬りだ、喉を串刺し、さらに真っ二つ！　さすがはおいらのグインだね、竜頭兵くらい、まるで相手にしてないや。それ、いけ、もう一匹！　もう二匹！」

　見ているうちに、みるみるグインの周囲に竜頭兵の死骸の山が築かれていく。縦横無尽に剣を振るうグインの動きには疲れの色も見えない。

「よし、いけ、そこだ、……や？　なんか、妙なのが出てきたぞ」

　とつぜん竜頭兵が引いたかと思うと、空中にもやもやと黒いものがわだかまり、それが固まって、黒いローブを着た魔道師の姿になった。グインは剣をまだゆだんなくかまえているが、相手の話に耳をかたむけているようだ。

とするうちに、グインは、剣をおさめて空中に浮かんだ魔道師のあとにつき、街路を歩きはじめた。ユリウスは少し考えた。

「おや、あいつら、行っちゃうぜ……どうするかな、おいらたちだって、何も目当てがあるわけじゃなし……ひょっとしたら、王さんの行くさきに、めんどり姫さんの手がかりがないってわけでもないかも……こいつぁひとつ、ついてってみるべきかね？　どうだい、パリス？」

とパリスを見返ったが、もうその時には、パリスは屋根の上をつたって、するするとグインたちの跡を追い始めていた。ユリウスはあわてた。

「おい、待てよ、ちょっと待てったら……まったく、姫さんのこととときたら、犬みてえにどこまでも追っかけてくんだからなあ。かんべんしてほしいよ」

グインたちはクリスタルを東にまわり、屋根が続かなくなると、アルカンドロス大広場をぬけて、北クリスタルの方へ上がっていく。途中で屋根が続かなくなると、下へつたい降りて、十分に距離をとってユリウスとパリスはあとをつけた。先方は気づいていないのか、それとも無視することに決めたのか、こちらに注意を払うようすはない。

「どこへ行くのかねえ……こっちだと貴族のお屋敷のほうだけど……おや、あそこで止まったようだぞ……おや、変だな、あの屋敷は……」

周囲の荒れ果てたようすに比べて、そのグインの足を止めた屋敷は、まるで嵐の中で唯一ずっと目の中に留まっていたかのように、何の汚れも、傷もなかった。何事もなかったように噴水には水が流れ、庭園には花が咲き、階には血のあとひとつすらない。

「なんだ、あの家、まるであそこだけ竜頭兵が避けて通ったみたいだ……おっ、グインが入ってくぞ……行ってみるか……」

魔道師はいつの間にか姿を消していた。ユリウスとパリスはじりじりと近づき、屋敷の門のそばまで来て、首を伸ばしてのぞき込んでみた。グインは屋敷の中へ入ったらしく、姿がない。門扉はグインが開けたあと、わずかに開いたままになっている。誘っているようなその隙間に、うーんと唸ってユリウスは腕を組んだ。

「どうすっかすなァ……入るか、やめとくか……どうもここ、くさいんだよな……めんどり姫さんのにおいもしないし……おいらたちにゃ、どうも関係なさそうっていうか、やばそうっていうか……でも、グインが入ってったしなァ……」

好奇心と警戒心との板挟みになってうんうんうなったあげくに、よしっ、とユリウスは手を叩いた。

「しばらく、ここで待っててみよう。ひょっとしたら、グインがめんどり姫さんのこと、かぎつけてるかもしれないし――グインが出てくるか、なんかしたら、またあと追いかけるか、声かけるか、なんか、してみればいいや。パリス？　あんたもそれでいいかい？」

と振り向くと、パリスは、ここにシルヴィアの手がかりがあると早くも信じたようすで、一心に身をかがめ、屋敷の内側をのぞき込んでいる。ユリウスは軽く肩をすくめると、するすると縮んで白い蛇のような姿に戻り、屋敷の植え込みの影にひそんで、じっと目を光らせはじめた。


フェリシアは縛られているディモスを見てもうろたえたりはしなかった。ただ、悲しげな一瞥を投げたのみで、まっすぐにグインに向かって歩いてきた。そばを通りすぎるとき、青いドレスの広い袖がグインの胸をかすめてさやさやと音を立てた。

「フェリシア殿といわれたか。あなたのお仕えする方とは、どなたのことだ」

「お会いになればわかりますわ」

フェリシアは床に倒れたディモスのそばにかがみ込み、手を触れて低く呟いた。

「かわいそうな方！」

「あなたはディモスをご存じなのか」

「ここはわたくしの屋敷ですわ」

裾をさらさら鳴らしながらフェリシアは立ち上がり、グインの腕に手をかけた。

「ディモス様をお世話していたのはわたくしです。わたくしの仕えるお方のご命令で。ディモス様を誘惑し、籠絡して、野望をあおり立てるようにと……」

暗い目でグインを見上げる。

「軽蔑なさるでしょうね？」

「いいや、フェリシア殿」

彼女が自分のしていたことに疑問を持ち、怯えているのは明らかだった。グインの腕におかれた手はかすかに震えていた。

「俺はあなたを知らぬが、フェリシア殿、あなたが喜んでディモスを誘惑していたのではないことはわかる。それにディモスは、よしあなたに誘惑されたとしても、それに応えるような男ではなかった。明らかに、洗脳、あるいは催眠による誘導が行われたのだ。憎むべきはその催眠を行った人物であって、あなたではない」

フェリシアは俯いた。両手を胸の前で握りあわせ、何かに耐えるように唇をかみしめているさまは、雨に打たれる一輪のルノリアのようだった。

「あなたの仕えているという人物、その人が、ディモスに催眠をかけたのか？」

「何もお話しできません」

フェリシアはグインに背を向けて歩きだした。

「ついていらしてください。あの方のところへご案内いたします」

グインは少し考え、床に横倒しになったままのディモスを抱きあげると、壁際にあった長椅子の上に横たえてから、フェリシアのあとについて部屋を出た。

た。フェリシアは静かな廊下を歩いていき、華やかに飾りつけられた部屋べやを通りぬけた。やはり使用人や侍女たちの姿はなく、ちりひとつなく片づけられた部屋に、盛られた花々や果物が高い芳香を放っている。この屋敷の中を歩いていると、外の荒廃ぶりが嘘のようだった。人気のなさだけが異様な雰囲気を伝えている。

中庭に出て木の下道をしばらく歩き、礼拝堂のように配された白亜の建物にたどり着いた。フェリシアは腰から小さな金の鍵を出し、解錠して扉を開けた。中はサリア女神の祭壇がしつらえられており、女神の神像が、高い段の上から白い顔をこちらに向けていた。周囲にはぐるりとランプが置かれ、ゆらゆらとやわらかい光を放っている。神像の周囲と壁面は貴石を使った美しいモザイクで埋められている。フェリシアは台座に嵌められた石を数個、しっかりとした手順で押すと、後ろに下がった。どこかで何かがこすれる音がして、床に、人ひとり通れるほどの穴がぽっくりと開いた。

「秘密の通路ですわ」

声をひそめてフェリシアが言った。まるで誰かに聞かれているのではないかと疑ってでもいるようだった。

「むかし、高貴な方が、貴婦人のもとに通われるために作られたという言い伝えがございますの」

壁からランプをひとつとると、フェリシアは指でグインを招き、ついてくるよううながした。穴の中は短い階段になっていて、そこから先は長く暗い通路が続いていた。フェリシアが明かりをかかげながら先に立ち、グインは剣に手をかけながら、そのあとをついて行った。誰が待ち受けているのか、あるいは、ディモスを今のような状態にした張本人かもしれないという疑いが雲のように沸き起こってきたが、今ここで、この手がかりを手放すことはできないのもわかっていた。

通路はどこまでも続くようだった。フェリシアは一言も口をきかないまま延々と歩き続け、その間、グインはおのれの内部の疑念や不信と戦わねばならなかった。ディモスをあのような状態に落とし込んだ人間とは何者なのか？　自分はその人間と会おうとしているのだろうか？　このフェリシアという婦人が、自分を陥れようとする人間の手先でないとどうして言える？

だがグインの直感は、フェリシアについては信用できると判断を下していた。彼女は自身が言うとおり、「仕えるお方」に言われるままに従っているだけだ。問題はその「お方」が、自分に対してどういう態度に出るかだ。

この屋敷に導いた、カル・ハンという魔道師のことを思いだした。彼もまた、同じ人物に従っているのだろうか、それとも違うのだろうか？　同じではないかという気がした。ある特定の人間のもとに巧妙に招き寄せられている、そんな感じがする。もしその相手がディモスを彼でなくしたのだとしたら、自分を抑えられるかどうか、グインにはわからなかった。

とうとうフェリシアが足を止めた。壁の一部にランプを近づけ、何か操作すると、ごろごろと音がして壁の一部が人一人分開いた。フェリシアは先に出て、グインを待つように脇に佇(たたず)んだ。グインが出てみると、そこは、ぜいたくな作りの一室だった。金と白の家具が心地よく配置され、一隅には大きな暖炉がある。暖炉に火の気はなく、天井には冴えたうす青と白で鳥の舞う青空の絵が描かれ、白い紗のカーテンが窓から入ってくるそよ風に揺れている。周囲にはぐるりと円柱がめぐり、光輪に囲まれたルアーをはじめ、雲を踏んだイリス、麗しのサリアとその子トート、清らかなゼアその他の彫刻が配置され、床は貝の象眼で見事な古代模様を描き出している。

窓に歩み寄って外を眺める。すぐ近くに、美しい塔がそびえ立つのが見えた。塔の形に見覚えがあった。

「ヤヌスの塔!」グインは驚いて叫んだ。「すると——ここは、クリスタル・パレスの中か?」

「さようです。こちらへ」

さらにフェリシアはグインを導いていった。静まりかえった建物をぬけ——クリスタル・パレスの建物の配置にくわしくないグインには、自分がどこの宮殿から出たのか見当がつかなかったが——白い、大理石で張られた宮殿の中の通りを進む。やがて自分がどこへ向かっているかに気づいて、グインは唸った。

「行く先は――ヤヌスの塔か？」

フェリシアは応えなかった。うつむきかげんに先を行く足を、止めようともしない。ヤヌスの塔に続く細い渡り廊下にさしかかった。フェリシアが扉に手を当てると、待っていたように扉は内側から開いた。扉のかげには、黒いローブの魔道師がひとり、ひっそりとうずくまるようにいた。

「陛下」

相手が深々と腰をかがめるより先に、グインはそれが誰だかわかっていた。カル・ハン。

「どうやら、おまえはうまうまと俺を自分の思い通りに動かしたようだな、カル・ハン」

「わたくしごときの意図など、陛下の前には力など持ちはいたしません」

魔道師の平静な調子は少しも変わらなかった。「こちらへどうぞ、陛下」

グインは進んだ。ここまでで役目は済んだのか、フェリシアはついてこなかった。カル・ハンに先立たれて、グインは細い階段をぐるぐると降りた。以前――記憶の欠損を治すという目的のために――このヤヌスの塔に入ったと、聞かされたことがある。グインにとってはそれは欠落した記憶だったが、今また、そのヤヌスの塔の中に入っていると思うと、ふしぎな気分だった。

「こちらでございます」

そこは、窓のない、だが、豪華で美しくしつらえられた一室だった。クリスタル・パレスの室がすべてそうであるように、ここも、洗練と古雅の極みでととのえられ、あともう一歩で華美になりかわるところのぎりぎりで調和を保っている。優雅な曲線を描く寝椅子と肘掛け椅子が並び、四隅には精霊の彫像が立ち、水晶張りの小机の上には銀で細かな彫刻をした酒杯と、まっかな酒をたたえた水差しが置かれている。

椅子の上には誰の姿もなかった。部屋の正面に、うすい紗を掛けわたした仕切りがあり、その奥に、誰かが動く気配がした。

「カル・ハン？」柔らかな声で誰かが言った。

「連れてきてくれたの？　――彼を？」

「はい、ナリス様」

押し殺した声で、カル・ハンはそう答えた。

あとがき

どうもお世話になります、五代ゆうでございます。

ついになんだか「あのお方」の名前が出てきたりなんかして、さあどうする!?　という局面になってまいりました。

ヤガも片付き、ワルスタット城も片付いて、それぞれを出た一行がまた新しく合流したり離散したりと、再編成が進んでいます。

連れ去られたドリアン王子はどうなってしまうのか、クリスタルの惨劇を知ったヨナはどうするのか、カメロンの死を知ったブランはどう動くのか、また新しい契機とともに、物語は新しい局面に入っていきます。

それにしても書けば書くほどイシュトヴァーンが可哀想になってきます。彼としては

（それがいかんのだということもあるでしょうが）まったく悪気がないというのに、あまりにも多くの人間から恨み買いすぎだろうと。彼がマルコに向かって「自分が殺したんじゃない」発言も、彼からしてみれば「カメロンがはずみで倒れ込んできたんであって自分が殺そうと思ってやったんじゃない」という意味ではまったくその通りのはずなんですが、そんな言い草がマルコたちに通るわけもなく、今のようなありさまになってしまっているわけです。不運、というかこれこそ凶運、というか、自分自身はまったくそのつもりはないのにどんどん悪い方へ悪い方へと追いつめられていく様は、見ていてほんとうに気の毒にさえなってきます。

もしドリアンがこのままゴーラの王に押し上げられたとしたら彼は自分の息子に（まあまだドリアンには物心もついていませんから彼のせいではないにせよ）またもや裏切られることになるわけで、イシュトヴァーンの「なぜだ!?」の悲痛な叫び声が今から聞こえるようです。いや、イシュトはドリアンを愛してるわけではないから、なぜだ、よりはストレートにぶち切れるほうかな。

いずれにせよカメロンを殺してしまったことについて沈み込んでいる彼ですが、そろそろ行動を起こしてほしいものです。カメロンの死は、彼にとっても比べるものもないほど大きな出来事だったに違いありませんが、その目先の苦しみから逃れるために別の方向を指し示されればそちらに突撃していくことも、彼の特性だと思いますので。

てますね。
　そのイシュトの息子であるスーティはイシュトの息子である行動力を遺憾なく発揮し
　困るのは、彼自身はさほど力がなくても、弱められているとはいえグラチウスがそば
にいるので、たいていのことはグラチウスの魔道で下手するとなんとかなってしまうこ
とです。しかしそれではお話にならないので、なんとかできるかぎりグラチウスの力を
制限して、それなりに苦労するようになんとかお願いしてます。ぐらちーは大いに不満
のようですが、そこはお話を面白くするためですのであきらめてくださいな。
　そしていろいろ悩んでいるアストリアス。以前、スーティを追いかけ回していたとき
は単にイシュトヴァーンの息子である、というだけで人質に使うか何か、復讐に使うこ
とに抵抗はなかったようですが、ドリアン王子は彼が心からの愛を燃やしたアムネリス
の血を継いだ息子でもあります。この子が人に利用されることを黙って見守ることはで
きない、と彼の中の何かが叫んでいるようです。しかし、だからといって、どうするの
か。悩ましいところでしょう。アムネリスの結婚式に乱入してから十数年、直情径行な
若かったゴーラの若き騎士にも、思い悩まなければならないときが来たようです。
　さてグインですが、彼を書くのにむずかしいのは、記憶が今のところ虫食い状態とい

うか、覚えているところといないところがある、ということなんですよね。

ナリス様の死の床に付き添ったことは確か覚えていないことの範疇に入っていたはずで、さて、そのあたりどうするべきかなあと悩み中です。「あのお方」と出会ったとしても、グインとしてはほぼ初対面なわけで、これがちょっと悩ましい。覚えていれば、「お、おまえは……！」ってなるんでしょうけれど、そういうわけにもいかないし。うむ。まあ、当たって砕けてみるしかないかなあ。

グインに付き従っているアウロラはじめ三人は、もともと宵野さんのキャラクターなので手探り状態で書いております。はたしてこれで解釈は合っているのかしら、というのはもちろんどのキャラにも言えることなんですけれども、アウロラは書かれている分量があまり多くない（ほかのキャラクターにくらべれば）ので、よけいに手探り状態にならざるを得ず、むずかしいところです。

それにしてもグインはいつ国へ帰るんでしょうかね。あまり長いこと国を空けておくのは、如何にケイロニアが堅牢な国であってもよいことではないんじゃないかとは思うんですが。ハゾスは胃を痛めていることでしょうし。とりあえず次巻で「あのお方」との邂逅を済ませたら一度国へ帰った方がいいんじゃないとか思っていますが、さだかではありません、書いた方向に従ってまた別の方向へ出発するかもしれないし。

心配なのはブランです。カメロンの死をとつぜん知らされて、おまけにそばには復讐に凝り固まったマルコがいます。

私はブランがけっこう好きで、彼が暴れ回るアクションシーンなんかはそうとう楽しく書いていたんですが、それだけに、彼がこのままカメロンの復讐に染まっていってしまう姿は見たくない気がします。彼はやっぱり朗らかで苦労性な豪傑で、いつも明るくいてほしい気がするのは、勝手というものなのでしょうかね。

マルコも本来なら同じように、明るい沿海州の男なのでしょうけども——なんとか二人とも、もとの自分自身を早く取り戻してほしいものです。

沿海州はパロへの野望を隠さないようになってきたようですが、本来海を本拠にしている沿海州が内陸のパロを欲しがるというのは謎ですよね。アグラーヤは古代機械の秘密をアルミナ妃を通じて手に入れようと画策しているようですが、それは実際のところ無理なわけですし、いったいこちらもどう動くのか、考えどころです。

予定では、次の巻でリギアとマリウスがケイロニア入りします。

リギアはともかく、一度出奔した宮廷に戻ることになった（しかも今度はマリウスではなくパロ王子アル・ディーンとして）マリウスはきっとかなり腐りそうです。今度は前とは違って、自分から捨てたりできない称号と身分が彼を縛っているわけですから。

心のたけを歌いあげて去った宮廷に、もはやアキレウス大帝は亡く、妻だったオクタヴィアは女帝として皇帝の座についています。二人が出会ってどんな会話を交わすか、私はちょっと楽しみにしているのですが、いかがでしょうか。

リギアはグインの双子の子供たちと合う予定。不思議な力を秘めた（？）双子たちに、リギアがどう反応するか楽しみにしています。あまり子供が得意そうではないリギアですが……

そしてグインと「あのお方」の直接対決も。本格的に「あのお方」を書くのはこれが初めてになるので、なかなか緊張しています。果たして、栗本先生が書かれた「あのお方」に少しでも近づけるのか、どきどきしていますが、がんばりたいと思います。

……うーむ。スペースが余ってしまった。

仕方がないのでうちの猫の話でもします。興味のない方はとばしてくださいませ。というか仕事するときはたいがい膝に一匹もしくは二匹乗っているのでまるきり無関係というわけでもない（はず）んですが。四匹おりますうちの猫。

全員迷い猫を拾った猫で、十年ほど前のある年、狙ったように「このまま放っておくのは人間としてどうなのか」と思わせる寒い朝に、庭先で哀れな声で鳴いているというあざとい登場の仕方をしました。つられてつい保護した結果、めでたく衣服に猫の毛がつきまくる生活を送っています。

あれですね、仕事していると狙ったようにやってきて、両手というか両前足で私の手をかかえ込んで吸いつこうとしたり、しゃぶろうとしたりするのは、やっぱり「あのカタカタいうものに向かっているときは自分たちはかまってもらえない」と思っているのでしょうかね。

雄が二匹、雌が二匹の兄弟姉妹ですが、どの猫も傾向の差はあれべったべたの甘えんぼです。キーを叩いていると乗っかってきたり、キーボードの上に乗ったりするのはよく聞きますが、それにプラスしてうちは手をかかえ込んでとにかくかぷかぷにゃむにゃむとしゃぶりまくるのがデフォです。おかげで歯がさわったあとで私の指は傷だらけですし、吸われすぎて指の各所がたこみたいに固くなったりしています。そこまで吸いつくってどうなんだ。

ヘタレで甘えんぼだったり、けなげで甘えんぼだったり、ヤンチャで甘えんぼだったり、姫様で甘えんぼだったりと色々な甘えんぼぶりの猫どもですが、まあそんなのを膝の上に盛りあげて山にしつつ、仕事をしております。正直邪魔ですが（でもかわいい）。

今回も監修の八巻様、担当の阿部様、たいへんお世話になりました。いつもお手間とご心配おかけするふがいない書き手で申しわけありません。もっとまっしぐらにどんどん書けるように、努力したいと思います。
それでは次巻『雲雀とイリス』（仮）でお目にかかれますことを。

GUIN SAGA

世界最大のファンタジイを楽しむためのデータ&ガイドブック

グイン・サーガ・ハンドブック Final

栗本薫・天狼プロダクション監修／早川書房編集部編

（ハヤカワ文庫ＪＡ／982）

30年にわたって読者を魅了しつつ、130巻の刊行をもって予想外の最終巻を迎えた大河ロマン「グイン・サーガ」。この巨大な物語を、より理解するためのデータ&ガイドブック最終版です。キレノア大陸・キタイ・南方まで収めた折り込みカラー地図／グイン・サーガという物語が指し示すものを探究した小谷真理氏による評論「異形たちの青春」／あらゆる登場人物・用語を網羅・解説した完全版事典／１巻からの全ストーリー紹介。

GUIN SAGA

グイン・サーガ外伝23

星降る草原

久美沙織

天狼プロダクション監修

（ハヤカワ文庫JA／1083）

草原。見渡す限りどこまでもひろがる果てしないみどりのじゅうたん。その広大な自然とともに暮らす遊牧の民、グル族。族長の娘リー・オウはアルゴス王の側室となり王子を生んだ。複雑な想いを捨てきれない彼女の兄弟たちの間に起こった不和をきっかけに、草原に不穏な陰が広がってゆく。平穏な民の暮らしにふと差した凶兆を、幼いスカールの物語とともに、人々の愛憎・葛藤をからめて描き上げたミステリアス・ロマン。

早川書房

著者略歴　1970年生まれ，作家　著書『アバタールチューナーⅠ～Ⅴ』『〈骨牌使い〉の鏡』『風雲のヤガ』『翔けゆく風』『永訣の波濤』『流浪の皇女』（以上早川書房刊）『はじまりの骨の物語』『ゴールドベルク変奏曲』など。

HM=Hayakawa Mystery
SF=Science Fiction
JA=Japanese Author
NV=Novel
NF=Nonfiction
FT=Fantasy

グイン・サーガ⑭⑤

水晶宮の影（すいしょうきゅうのかげ）

〈JA1376〉

二〇一九年五月十日　印刷
二〇一九年五月十五日　発行
（定価はカバーに表示してあります）

著者　五代（ごだい）ゆう
監修者　天狼（てんろう）プロダクション
発行者　早川浩
発行所　株式会社早川書房
郵便番号　一〇一 - 〇〇四六
東京都千代田区神田多町二ノ二
電話　〇三 - 三二五二 - 三一一一（大代表）
振替　〇〇一六〇 - 三 - 四七七九九
http://www.hayakawa-online.co.jp

乱丁・落丁本は小社制作部宛お送り下さい。
送料小社負担にてお取りかえいたします。

印刷・株式会社亨有堂印刷所　製本・大口製本印刷株式会社

ISBN978-4-15-031376-0 C0193